진경
산수

진경산수 (큰글씨책)

초판 1쇄 발행 2018년 3월 12일

지은이 정형남
펴낸이 권경옥
펴낸곳 해피북미디어
등록 2009년 9월 25일 제2017-000001호
주소 부산광역시 동래구 우장춘로68번길 22
전화 051-555-9684 | 팩스 051-507-7543
전자우편 bookskko@gmail.com

ISBN 978-89-98079-25-3 03810

＊책값은 뒤표지에 있습니다.
＊이 도서의 국립중앙도서관 출판예정도서목록(CIP)은 서지정보유통지원시스템
홈페이지(http://seoji.nl.go.kr)와 국가자료공동목록시스템(http://www.nl.go.kr/
kolisnet)에서 이용하실 수 있습니다.(CIP제어번호: CIP2018006815)

큰글씨책

진경산수

정형남 소설집

해피북미디어

차례

진경산수 1

꽃섬

봄비가 내린 새벽녘은 여인네의 치마말기처럼 봄내음이 허리를 둘렀고, 아스라이 펼쳐진 바다는 안개구름처럼 해무가 내려앉았다. 사위가 온통 정지된 듯 적막감마저 들었다. 적요하고 쓸쓸한 기운은 겨울을 떨쳐버리지 못한 채 짭질한 소금기를 머금고 있었다. 하지만 겨우내 움츠리고 있던 대지가 기지개를 켰다. 어디선가 생명이 움 솟는 소리가 들렸고, 하루가 다르게 주위가 파릇하게 물들었다. 온갖 새소리가 정겨운 만큼 생명이 움 솟는 새틋한 전경을 바라보노라면 가슴이 설레었다. 계절은 어느 시절이나 저렇듯 변함없는 모습으로 새롭게 태어나는 것을……

파릇하게 새순이 돋아나는 나뭇가지 위에 새의 날갯짓으로 바람이 내려앉았다. 산새가 날개를 떨치듯 바람은 나뭇가지를 어루었다. 그와 함께 대숲이 일렁거렸다. 간밤 전설을 잉태하였던 대숲바람은 곧바로 아름드리 감나무 가지에 연꼬리처럼 매달리고, 이내 황량한 들판을 가로질러 아스라이 열려진 바다에 이르러 고요롭고 평화로운 해무를 일으켜 세웠다. 너울너울, 우쭐우쭐, 해무가 춤을 추었다. 파도가 세마치장단으로 일어섰다. 그 추임새 위로 먼동이 터오면서 아직도 여리고 수줍은 빛살을 파도 위에 깨알처럼 흩뿌렸다. 그 빛살을 정령처럼 받아 안으며 해무는 비단자락을 떨쳤다. 은은하면서도 황홀한 윤무는 어느덧 섬의 자태로 변신을 거듭하면서 상사로 문드러진 여인의 치맛자락으로 다가왔다.

이틀 전, 예고 없이 오랜만에 조카가 찾아왔다. 평일인데 어떻게 시간을 냈을까? 나의 기우는 조카의 허붓한 웃음으로 스르러졌다. 조기 명예퇴직을 하였다는 것이다.

"시절이 그렇지 않습니까."

씁쓸함이 묻어나는 조카의 얼굴은 이제 막 깨어나는 봄날과는 어울리지 않았다.

"모두에게 혹독한 시련을 안겨주었구나."

나는 조카에게 딸린 식솔들을 떠올렸다.

"사노라면 길이 또 열리겠지요. 저는 삼촌의 건강이 더 염려스럽습니다. 가십시다. 바람이라도 쐬게요. 날씨가 환장하게 좋지 않습니까."

그리고 보니 조카는 단순한 나들이 차림이 아니었다. 낚시라도 갈 요량으로 왔구나. 나는 조카의 모습에서 또 한 번 마음이 착잡하였다.

"너도 별수 없이 등산 아니면 낚시로 시간을 목매다는구나."

"강태공이라도 돼야죠. 오늘은 삼촌을 생각하고 마음먹고 나섰어요."

조카의 그 말은 내칠 수 없는 유혹으로 다가왔다. 모든 걸 홀홀 털어버리듯 지금까지 쌓아온 생활 터전을 과감하게 정리하고 바다가 내려다보이는 이곳으로 옮겨오고 나서 그야말로 은둔자처럼 자연과 벗하며 지냈다.

"갈 만한 곳이라도 있는 거야?"

나는 유혹을 떨쳐버리지 못하면서도 마음속으로 난감해 하였다. 방향을 잃은 철새처럼 시계(視界)를 벗어난 주위는 어디를 둘러보아도 낯가림으로 다가왔다.

"암요. 어서 준비를 하세요."

나는 조카의 재촉에 간편한 복장으로 집을 나섰다. 가만있자, 언제 낚시를 그만두었나? 나는 잠시 생각에 잠겼다. 그렇지. 그 섬을 떠난 뒤로 낚시를 잊었지. 그때가 언제였던가?

차는 새로 뚫린 국도를 시원스럽게 달렸다. 지나치는 전경이 낯설게 느껴졌다. 따지고 보면 지척간인데, 낯설게 다가오는 것은 어째서일까. 세월의 두께를 이고 있어서일까. 아니면 세월 자체를 놓아버린 까닭일까.

"여기도 몰라보게 변하였어요."

조카의 말이 아니더라도 새롭게 생겨난 항구도시만 같았다.

"여기가 어디더라?"

나는 차창 너머로 주위를 두리번거렸다.

"녹동항 아닙니까. 저 앞에 떠있는 섬이 소록도고요."

그렇구나. 나는 비로소 주위를 감지하였다. 초라하게 느껴
지던 아담한 포구가 이렇게 변하였다. 조카는 주차할 곳을 찾
았다. 평일인데도 주차할 만한 공간이 없었다. 어디서 이렇게
몰려왔을까. 부둣가는 남녀노소 할 것 없이 끼리끼리 자리를
차지하고서 술추렴 아니면 낚싯대를 드리우고 있었다.

"소록도를 염두에 두고 온 거냐?"

나는 젊은 부부가 낚싯대를 드리우고 있는 비좁은 공간에
엉덩이를 내려놓으며 소록도를 바라보았다.

"아니에요. 소록도 너머, 뭍에서 전기를 끌어다 쓸 수 없는
섬에서 등대지기와도 같이 자가발전으로 섬을 밝혀주는 친구
가 있어요. 낚시꾼 두어 사람 실어다 주고 곧바로 온답니다.
그동안 술이라도 한잔 드십시오."

조카는 발 빠르게 술과 안주를 펼쳤다.

"어떻게 아는 친군데?"

"입사동기인데, 조직생활에 적응을 못하였어요. 그 친구 말
마따나 바다에 익숙한 탓이었을 거예요. 의리 하나는 똑 부러
져 우정을 저버리지 않았지요. 조기 명퇴를 한 제 처지를 위로
하는 처지에 놓였고요."

"바다는 무한한 생명력을 키우지. 그만큼 여유로울 수 있

고⋯⋯."

　나는 술잔을 기울이면서 낚시꾼들을 회색눈으로 매김하였다. 무엇을 좇다 이곳에서 세상을 놓아 버렸을까? 저마다 삶의 공간이 우주선처럼 탑재되어 있는데, 분명 이곳은 불시착이 아닐까. 발치 아래에서 배가 선창에 부딪치는 소리가 들렸다. 조카가 자리에서 일어나며 손을 번쩍 들었다. 그리고 앞장서 배에 올랐다. 조카의 친구는 검게 그을린 전형적인 섬사람이었다. 배는 항구를 벗어났다. 크고 작은 고깃배들이 너울을 일으키며 지나칠 때마다 배는 깝죽거리며 그네 타듯 온몸으로 너울을 타고 넘었다.

　"소록도를 한 바퀴 돌까요?"

　조카의 친구는 방향을 정하였다. 푸른 물살을 가르며 돌아나가는 소록도는 하늘과 바다와 어우러져 푸른 나신으로 자맥질을 하였다.

　"섬 전체를 둘러보기는 처음이네. 정말 천혜의 비경이야."

　조카의 감탄 어린 얼굴 너머, 운명을 저주하고 고통으로 문드러져 절망하였던 한센씨 병자들의 절규를 바람결로 들었다. 배는 소록도를 뒤로하고 넓은 바다로 나아갔다.

　"저기, 보이죠? 제가 사는 섬이에요."

　조카 친구는 거북등처럼 조그맣게 떠 있는 섬을 가리켰다. 사람의 발길이 와 닿지 않는 무인도만 같았다. 점점 가까이 다가오는 섬의 자태를 바라보았다. 금방이라도 거북으로 변신하여 바다 깊이로 잠길 듯한 형상이었다.

"화도(花島)라고 했지?"

조카는 섬 이름이 특이하다는 듯 곱씹었다.

"꽃섬이라고 부르기도 하지."

조카 친구는 배의 속도를 줄였다.

"꽃섬이라고 했소?"

나는 깜짝 놀랐다. 빈 낚시에서 월척을 낚아 올리듯 망각의 늪에서 한 여인이 걸어 나왔다.

"꽃섬을 아세요?"

조카는 의외라는 듯 돌아보았다.

"꽃섬을 까맣게 잊고 있었어. 아직도 김 양식을 하는지 모르겠네……."

"아닙니다. 미역양식과 다시마양식, 그리고 가두리양식으로 김 양식은 벌써 뒷전으로 밀려났어요. 한때는 굉장하였지요. 저의 아버지도 김 양식 때문에 뭍에서 이곳으로 이사 왔었어요. 그때는 겨울 한철 김양식이야말로 황금알을 낳는 거위 이상이었어요."

조카 친구는 아득한 추억이 밟힌다는 얼굴이었다.

"김발 채종지로 유명하지 않았는가?"

"말씀이라고 하십니까. 저 멀리 조약도, 고금도, 생일도, 대구도 근처 사람들까지 씨종자를 받으러 왔으니까요. 밀물 때면 바닷물에 잠겼다가 썰물 때면 갈라지는 저기, 작은 꽃섬과

잇댄 갯벌 잔등이 김 채종지로 유명하였지요. 어째, 그 시절을 잘 아십니다."

"그래, 이제야 확연히 알겠구만."

나는 망각의 늪 속에서 걸어 나온 여인이 손짓해 부르는 대로 선창을 돌아나갔다.

그해 추석 무렵이었다. 나는 휴교령이 내린 탓으로 여름방학이 끝났는데도 근신하다시피 집에서 지냈다. 어머니는 하란 공부는 하지 않고 뭔 쟁퉁을 부려 학교가 그 모양이냐고 눈을 흘겼다. 최루탄가스에 질식하지나 않을까, 시절을 원망하며 근심 걱정하던 때와는 달리 정작 아들을 가두어 놓고 보니 적이 안심이 되면서도 아들의 신상에 또 무슨 날벼락이나 떨어지지 않을까, 마음 졸였다. 보다 안전한 곳이 없을까 에두루바삭이는 가슴을 여밀 때, 김발 채종시기가 돌아왔다.

"아야, 우리도 남들처럼 윤기 나는 씨종자 한 번 받아 올끄나?"

어머니는 느닷없이 결론을 내리듯 나의 의향을 물었다. 채취선도 없고, 겨울 한철 놀기도 무엇하여 혼자 힘으로 물 얕은 갯벌에 김발 몇 대 막아 소일거리 삼아 겨울을 나는 어머니로서는, 남들처럼 물 건너에서 좋은 씨종자를 받아 와 물 깊은 곳에서 번드르르한 품질 좋은 김을 생산하는 게 소원이었다. 이웃집 자식들이 윤기 나는 삼단머리 같은 치렁한 김을 뜯어

올 때면 징상맞게 토심스러워하였다.

"바다에 나갈 배라도 있어야 욕심을 부리지요."

나는 모처럼 어머니의 소원을 들어드리고 싶은 마음이 들었다.

"그거사, 너만 좋다면 가능하지야. 종구가 해마다 김발 씨종자 받으러 꽃섬에 가지 않냐. 우리 김발을 그 속에 끼워 준다고 했다."

어머니는 이미 육촌형인 종구와 의논이 되어 있었다.

"그렇게 하죠."

나는 종구 형이라면 누구보다도 믿음이 갔다. 우람하고 건실한 몸피에 어울리게 농사일이야, 바다일이야, 마을에서 한다 하는 상머슴을 능가하였다. 어머니 혼자 일구는 우리집 농사일도 종구 형이 도맡아 해 주었다. 그만큼 어머니의 신뢰가 자리하고 있었다. 나 또한 종구 형이라면 어렸을 때부터 든든한 버팀목처럼 여기는 터였다.

"그런데 꽃섬이 어디쯤 있어요?"

나는 처음 들어본 섬이어서 뜨막한 얼굴로 물었다.

"소록도를 지나 한참 더 가야 한다는디, 낸들 알것냐. 하여간 거기 씨종자가 여기 물목하고 잘 맞아 매년 위험을 무릅쓴다. 물길 사납고 하여 여간 상그럽지 않지만 모험이 따른 만큼 맡아 놓고 상등품이다. 더구나 종구는 그곳 처녀와 결혼하기로 했어야. 이번 씨종자 받아오는 날 약혼하기로 했응께."

어머니는 벌써 조카며느리를 흔감해 하였다.

"종구 형이 한눈에 반한 모양이군요."

"아니다. 그쪽에서 종구를 보고 사윗감으로 욕심을 냈는갑더라. 처녀도 조신하다 하고. 종구네 성님도 그곳에서 며느리를 얻어 오면 김발 채종지는 따 놓은 당상일 게고. 영근 니 눈으로 한번 매슬러 보거라."

어머니는 짐짓 사명감마저 부여하였다.

"그럼, 제가 형수 될 처녀를 선보고 오라 그 말씀이세요?"

나는 호기심을 부풀렸다. 자세하게 점수를 매겨 오는 것도 싫지만은 않을 것이다. 씨종자를 받을 김발을 동산만 하게 싣고 물때를 맞추어 노 저어 가기란 쉬운 일이 아니었다. 겨울을 재촉하는 밤바다는 사납기만 하였다. 더구나 앞을 제대로 가릴 수 없는 상황에서 물살을 거슬러 가자니 방향을 가늠할 수 없었다. 용을 쓰고 노를 젓는데도 마냥 그 자리만 같았다.

"위험한 뱃길을 밝은 대낮에 가도 무엇할 것인데 하필이면 피난민 신세처럼 왜 야밤에 가는 거요?"

나는 서툴게나마 추위를 이겨내기 위해 노 젓기를 교대하며 가쁜 숨으로 불만스럽게 물었다.

"니가 몰라서 그런다. 밤에 가야 아침나절에 김발을 막고 돌아오지야. 우리 자리는 어련히 알아서 말뚝을 박아 놓았을 것이다만, 비좁은 곳에 어떻게나 사람들이 몰려드는지 박이 터진다. 한 발짝만 늦어도 목 좋은 곳을 차지할 수 없다."

종구 형 자신은 장인 될 사람의 덕을 본다는 여유를 보였다. 마파람이 불어치는 밤바다를 악전고투 끝에 이겨 나와 꽃섬에 도착하였을 때는 별빛이 싸늘하게 쏟아져 내리는 새벽녘이었다. 선창머리에 배가 닿기도 전에 나는 폭풍우에 폭삭 내려앉은 폐가처럼 파김치꼴이 되어 뱃전에 널브러졌다.

"일어나거라. 마중을 나오는갑다. 지친 육신을 함부로 누이면 사태가 심각해진다."

종구 형은 짜안한 눈길로 나를 일으켰다. 매년 이 먼 바닷길을 두 사람이 교대로 노를 저어 오다니, 대단한 모험이자 투기였다. 나는 후둘거리는 몸을 간신히 지탱하고서 선창에 올랐다. 누군가 후래쉬를 비춰 들고 종구 형을 맞았다.

"오느라 수고 많았네. 난 또 물살 사나워 늦는가 했네."

갈라진 목소리에는 은근함이 배어났다. 종구 형의 장인 될 사람이었다.

"오늘은 비교적 바람 덕을 보았구만요. 몸소 마중까지 나오시고요."

종구 형은 허리 굽혀 인사를 올리고 나서 나를 인사시켰다.

"학생이라고? 노 저어 오느라 고생 많이 했것는디."

나의 인사를 받은 노인장은 대견한 얼굴을 하였다. 노인장은 앞장서 우리를 안내하였다. 담장 아래 파도가 철썩이는 집은 제법 반듯하였다. 돼지우리와 변소가 딸린 행랑채는 군불을 자글자글 데워 가뜩이나 추위와 피로에 지친 우리를 단잠

속으로 내몰았다. 얼마를 곯아 떨어졌을까, 난장터처럼 떠들 썩한 소리에 눈을 떴다. 종구 형의 잠자리는 휑뎅그레하였다. 눈을 부비며 대문을 나선 나는 깜짝 놀랐다. 무슨 장터처럼 사 람들이 와글거렸다. 모두들 김발 채종지를 바라보고 각지에서 밤바다를 헤쳐 온 사람들이었다. 경매를 붙이듯 채종지를 사 고팔았다. 종구 형은 장인 될 사람으로부터 이미 채종지를 넘 겨받았는지라 한껏 여유를 보이며 낯익은 사람들과 수인사를 나누고 있었다.

"어쩌, 굉장하제?"

아침을 들면서 종구 형은 너부죽 웃음을 지었다. 아무래도 약혼할 처녀가 마음을 달뜨게 하는가 보았다. 아닌 게 아니라 아침상을 들여온 처녀는 치렁한 댕기머리하며, 풍성한 태깔하 며, 종구 형과는 천생배필이지 싶었다. 종구 형은 퍽 자랑스럽 게 나를 소개시켰는데, 그녀는 얼굴만 붉힌 채 방문을 나섰다.

"이 좁은 갯벌에 저렇게 많이 밀식을 해도 괜찮은가요?"

나는 섬 전체를 뒤덮을 것 같은 채식할 김발을 염려스럽게 바라보았다.

"걱정 말거라. 물만 묻혀도 된다. 일할 때가 됐는갑다."

포만스럽게 아침을 든 종구 형은 나의 기우를 꾹 누지르며 자리에서 일어났다. 장인 될 사람의 도움을 받아가며 가슴께 까지 차오르는 바닷물에서 김발을 폈다. 김발 다섯 대를 겹쳐 포개 놓은 것을 탱글탱글하게 비끌어 매다는 작업은 보통 힘든 일이 아니었다. 그 사이 썰물이 빠져나가고, 자갈이 어우러진 갯벌이 드러났다. 바삐바삐 칸 사이마다 장말을 꽂고, 수심도를 조절하였다. 일이 끝났을 때는 추위와 피로로 몸을 가눌 수 없었다. 부르트고 짓무른 손바닥은 쓰리고 얼얼하였다. 뜨뜻한 구들목에서 늦은 점심을 들었다. 일을 끝낸 사람들은 서둘러 돌아가거나, 여기저기 모닥불 주위에 둘러앉아 술잔을 나누었다.

종구 형은 장인 될 사람과 술잔을 나누었다. 나는 어머니의 말을 상기하며 종구 형의 약혼녀가 될 처녀의 행동거지를 놓치지 않고 가슴에 새기었다.

"동생, 니는 김발 씨종자를 받아 갈 때까지 여기서 지내거라. 숙모님과도 이야기가 됐응께. 어르신께도 상세하게 말씀드렸다. 부담 갖지 말고 내가 올 때까지 수양하는 셈치고 안심하고 지내거라. 아무도 너를 의식할 사람은 없을 것이다. 한보름 지나면 올 것이여."

종구 형은 깊숙한 눈길로 말하였다.

"그리하게. 이곳은 한마디로 치외법권 지대나 다름없어. 누가 뭐라 시비할 사람이 없느니."

종구 형의 장인 될 사람은 넉넉한 얼굴로 나를 눌러앉혔다. 나는 어정쩡하게 받아들였다. 선창머리에서 약혼식은 어떻게 되었느냐고 가만스레 묻자, 씨종자를 받은 김발을 실러 올 때 치르기로 하였으니까 조급해하지 말라고 등을 토닥거렸다.

종구 형 말대로 보름여 꽃섬에서 지냈다. 생각지도 않은 유배생활이라고나 할까. 섬 전체를 둘러보는 데 이삼십 분이면 충분하였는지라, 아침저녁 산책하기에는 알맞았다. 종구 형의 장인 될 사람의 말처럼 한낮이면 선창머리에서 낚싯대를 드리워도 누구 한 사람 시시비비를 가리지 않았다. 그리고 무엇보다 댕기머리 치렁한 종구 형과 약혼할 처녀의 존재였다. 그녀는 나의 존재를 미래의 시동생이 될 거라는 생각에서인지 첫날 얼굴을 붉히던 것과는 달리 무던한 거리감으로 다가왔다. 아침을 들고 산책을 나가고 나면 방 안 청소를 도맡아 해 주었고, 저녁때면 자상한 누님처럼 군불에다 저녁 간식까지 정성으로 챙겨주었다. 누룽지며, 홍시며, 어쩔 때는 술안주로 장만하였을 해삼과 소라고동 따위를 살며시 방 안에 놓아주었다.

한 가지 난감한 것은 호칭이었다. 형수라고 성급하게 부를 수도 없었고, 그렇다고 누님이라고 할 수도 없었다. 어정쩡한 가운데 별반 말이 필요 없었다. 신중하고 과묵한 편이어서 살가운 편은 아니었으나, 시간이 지남에 따라 자연스레 듬성하게나마 말문을 텄다. 그리고 무엇보다 좋은 것은 바깥세상 돌아가는 것을 전혀 모르고 지낼 수 있다는 것이었다. 절해고도 바로 그것이었다.

종구 형이 오기로 한 날이 가까워진 어느 날, 채종김발을 둘러보고 돌아서는데 그녀가 갯벌 등성이에서 바지락을 캐고 있었다. 나는 지침지침 다가가 그녀 곁에 쪼그려 앉았다.

"손님 맞을 채비인가요?"

나는 다소 짓궂은 얼굴을 하였다. 틀림없이 종구 형과의 약혼식 때 쓸려고 미리 손수 장만하지 싶었다.

"어려운 손님은 바로 곁에 있는걸요."

그녀는 비껴가듯 말하였다. 나는 그녀의 말에 엇박자를 놓듯, 종구 형 어디가 좋으냐고 짐짓 그녀의 마음을 떠보았다.

"그게 참 궁금해요."

"짓궂네요……. 처음 본 순간 믿음직스러웠어요. 파도 소리밖에 들을 수 없는 조갑지 만한 섬을 벗어나고 싶은 마음도 작용하였고요."

그녀는 얼굴을 붉히며 띄엄하게 덧붙여 말하였다.

"그럼, 저 멀리 바라다보이는 뭍으로 시집가는 게 좋잖아요."

나는 다소 의외라고 생각하였다.

"뭍은 싫어요. 이웃집 언니도 뭍으로 시집을 갔어요. 다들 소원풀이를 했다고 부러워하였는데, 하는 행동거지마다 섬사람이라고 눈 아래로 내려다보는 바람에 결국 목을 매달았어요. 섬에서 태어난 사람은 섬으로 시집을 가야 맘 편해요. 듣자니 그곳 섬은 일찍부터 육지 못지않게 깨어 있다면서요? 섬 안에 중학교도 있고요."

"뭍과의 소통이 비교적 원활하지요. 일제 때는 항일농민운

동도 치밀하게 주도하였고요."

나는 그 말을 듣는 순간 정말 자신을 분별할 줄 아는 심지를 지녔구나 하고 마음속으로 머리를 끄덕였다.

"학생을 보더라도 의식이 있지 싶어요. 이거, 기념으로 간직하세요."

그녀는 호미 끝에 묻어나오는 까만 몽돌을 건네주었다. 나는 까만 몽돌을 가슴에 간직하며 그녀의 손결이 곱다고 느꼈다. 손이 고우면 마음씨가 곱다고 하였던가, 그녀의 결 고운 손이 누님의 손만 같아 따스한 정감으로 꼬옥 쥐어주고 싶었다. 그렇게 한 차례 대화가 오고간 뒤부터 잔잔한 파도가 모래 사장을 애무하듯 자상한 손위 누님으로 다가왔다.

그 사이 보름이 훌쩍 지났다. 성급한 사람들은 하나둘 씨종자를 받은 김발을 실어 갔다.

"아마 내일쯤 오지 싶네."

노인장은 긴장한 모습으로 종구 형 일행을 맞을 준비를 하였다. 그 한마디로 집안은 잔치 기분으로 들떴다. 돼지를 잡고, 음식을 장만하였다. 종구 형은 다음 날 새벽에 도착하였다. 혼자가 아니었다. 배 두 척에 나누어 타고 온 일행은 마을 친구 너댓과 당숙, 그리고 어머니도 함께하였다. 어머니는 눈썰미 있게 미리 조카며느리 될 처녀를 품평하겠다는 답사 차원이었다. 조촐하게 약혼식을 거행하였다. 이쪽저쪽 수인사를 시작으로 약혼반지를 교환하는 것으로 약혼식은 끝났다. 종구 형은 두툼한 약지에 약혼반지를 끼워 주자 입이 너부죽 벌어지며, 어매 우리 각시 이쁜 거, 속으로 파도를 일으켰다. 아무튼 동네잔치였다. 밤새도록 거나하게 마시고 취하였다. 그 덕분에 김발을 수거하러 온 타지 사람들도 흥겹고 얼큰하게 축하주를 들었다. 다음 날, 종구형 일행은 씨종자를 받은 김발을 두 배에 나누어 싣고 꽃섬을 떠났다. 어머니와 나도 종구형 배에 올랐다.

"어찌디야? 느그 형수 될 처녀."

어머니는 은근하게 물었다.

"어머니 보기에는 어떻습디까?"

나는 되려 장난스레 물었다.

"보기에 심성은 무던하겠더라만……."

"잘 보셨습니다. 매사 조신하고 심성이 듬직하고 사리가 분명합디다. 종구 형 복 아니겠어요."

"니가 그렇게 보았다면 하자가 없것지야. 제일로 건강이다. 섬에서 평생 살자면 어쨌거나 육신이 건강해야 한다. 잔병치레라든가, 물려받은 병근이 있어서는 안 되지야."

어머니는 멀어져가는 꽃섬을 바라보았다.

"그러니까 저를 볼모로 잡아 놓은 것은 그런저런 동정을 사전에 감지하기 위해서였군요."

나는 왠지 모르게 쓰거운 웃음을 지었다.

"니, 안전도 고려했다."

어머니는 또르르 눈을 흘겼다. 그 겨울을 그렇게 지내고, 이 듬해 봄바람에 불리듯 고향을 떠나 다시금 학업에 열중하였 다. 그리고 졸업과 동시에 직장생활에 매달리다 보니 고향길 이 뜸해지고, 가끔씩 친인척 편으로 고향의 길흉사를 듣는 정 도였다. 종구 형의 소식도 바람결로 들었다.

나는 조카 친구의 뒤를 따라 선창을 돌아 나왔다. 선창은 예전보다 튼실하고 견고하였다. 옛날에는 겨우 사리 때 바닷 물이 넘치지 않을 정도였다. 태풍을 두서너 번 맞아 그때마다 선창의 높이가 달라졌다고, 조카 친구는 자상하게 곁들었다.

"이건 분교 아닌가?"

"폐교가 되었어요. 김양식이 한창일 때 불어난 인구와 더불 어 교육열이 움솟아 섬사람들이 힘을 모아 분교를 지었어요. 그런데 김양식이 사양길로 접어들자 하나둘 섬을 빠져나가는 바람에 자연스레 폐교가 되었어요. 현재 이십여 호 남짓 산다 지만 아이들은 뭍에 나가 학교에 다녀요. 유학을 보낸 셈이지 요."

나는 잠자코 머리를 끄덕였다. 내가 보름여 지냈을 때는 분 교가 자리하지 않았다.

"다른 용도로 활용하면 좋겠어. 바다체험학교라든가, 해양 문화실습장 같은 걸로……."

나는 폐교를 둘러보았다. 잘 정비된 운동장은 서리 맞은 잡초만 무성하였다. 교실은 먼지가 뿌옇게 내려앉았으나, 금방이라도 문을 열면 아이들의 목소리가 생동감 있게 들릴 것 같았다. 벽면에 걸린 아이들의 그림과 글씨가 한 시대를 말하고 있었다.

"그 점을 모르는 바 아닙니다. 여러모로 분교를 새롭게 재생시켜야겠다고 생각을 여미면서도 섬사람들은 관리 능력이 미치지 못하고, 외부사람들은 더러 관심을 보이면서도 선뜻 행동에 옮기기를 주저합니다. 석양낙조야, 살아 있는 갯벌이야, 천혜의 관광지로도 손색이 없는데, 교통이 너무 불편하다는 겁니다."

나는 조카 친구의 말을 가슴 한구석에 쓸어 담고서 폐교를 지나쳤다. 그래, 바로 이 집이야! 나는 걸음을 멈추었다. 뭉클한 가슴으로 종구 형의 약혼녀를 눈앞에 떠올렸다. 저만큼 앞서가던 조카와 친구가 다시금 내 곁으로 다가왔다.

"이 집이 마음에 드세요? 몇몇 사람이 여름 한철 별장처럼 사용하고 싶다고 집을 사려고 해도 주인이 팔지 않아요. 그렇다고 자주 와서 정갈하게 관리하는 것도 아니고요. 일 년에 한두 번 오는 정도예요."

"언제부터 집을 비운 게요?"

"꽤 오래됩니다. 노인네들이 딸자식을 앞세우고 나서 뭍으로 나가 시름시름 가슴을 앓다가 돌아가신 뒤로 큰아들이 한 번씩 돌봅니다."

"그럼, 상당한 세월이군."

나는 자신도 모르게 눈시울이 젖었다.

종구 형은 약혼한 다음 해, 씨종자를 받은 김발을 수거하러
가서 결혼식을 올렸다. 사흘간 신부 집에서 신혼의 단꿈을 꾼
신랑신부는 씨종자를 받은 김발을 싣고 바닷길에 올랐다. 우
인들과 배를 나누어 타고 앞서거니 뒤서거니 흥겨운 마음으로
노를 저어 나갔다. 종구 형은 마냥 행복하였다. 꽃처럼 어여쁜
새색시가 마음을 한없이 부풀렸다. 바다 건너 미지의 곳으로
향하는 신부의 마음도 뱃전에 부딪치는 파도만큼이나 울렁거
렸다. 평생 지아비를 섬기며 살아야 한다는 약속의 땅이 신기
루처럼 다가올수록 가슴이 설레었다.

"저기, 보이는 섬이오."

신부는 종구 형이 가리키는 섬을 아슴한 눈길로 바라보았
다. 귓불이 상그레 붉어졌다. 종구 형은 동백꽃 같은 신부의
그 모습이 사랑스러웠다. 그 순간이었다. 한 무더기 갈기를 세
운 사나운 바람이 뱃전을 휘몰아 때렸다. 출발할 때도 쌀쌀맞
은 바람이 파도를 비질하였지만 바람을 안고 사는 그들로서
는 예사로 여겼는데, 예고 없이 불어닥친 구시월 도지바람이
었다. 잠시 느슨하게 잡았던 노가 놋좆에서 벗어남과 동시에
배가 기우뚱 방향을 잃으며 한쪽으로 기울었다. 종구 형은 중
심을 잃고 노와 함께 바닷물에 처박혔다.

"어매야!"

신부는 엉겁결에 신랑의 발목을 붙들었다. 또 한 차례 갈기 사나운 바람이 뱃전을 후려쳤다. 동산만 하게 씨종자를 받아 실은 김발이 무너져 내리며 맥없이 배가 곤두박이쳤다. 순식간에 일어난 조난이었다. 신부는 신랑의 한쪽 신발을 움켜쥔 채 바닷물에 잠겼다. 한순간 광풍처럼 휘몰아치던 도지바람이 저만큼 비껴나자, 가까스로 위기를 모면한 우인들을 실은 배가 구조에 나섰다.

신부는 한 손에 신랑의 신발 한 짝을 움켜쥔 채 김발 사이에 끼어 까무룩 정신을 잃고 있었다. 우인들은 신부를 구해내고, 신랑을 찾았다. 아무리 찾아보아도 종적이 묘연하였다. 주인 잃은 김발과 울긋불긋한 신행보퉁이만 여기저기 떠 있을 뿐이었다. 종구 형이라면 바다에서 잔뼈가 굵은 만큼 충분히 위기를 헤쳐 나갈 것인데, 도무지 이해가 되지 않았다. 바닷물에 처박히면서 머리라도 뱃전에 부딪쳐 정신을 놓아 버리지 않고서야 실종될 위인이 아니었다. 얼마나 험난한 파도와 싸워왔는가. 우인들은 한참 넋을 잃고 망연자실하였다. 아무래도 바다귀신이 시샘을 한 것 같았다. 신부라도 살려내야겠다. 우인들은 탈진상태에서 신부를 의식하였다. 두 사람 다 죽음으로 내몰 수는 없었다.

가까스로 신부를 살려낸 마을사람들은 다음 날도, 그다음 날도 종구 형의 시신을 찾았으나 헛수고였다. 열흘이 지나서야 포기하고 돌아섰다. 그동안 신부는 신랑의 한쪽 신발을 움켜쥔 채 넋을 놓고 있었다. 아무리 신발을 빼앗으려 해도 놓아주지 않았다. 가슴에 꼭 끌어안은 채 말문을 열지 않았다. 의식이 돌아왔다고는 하나 온전한 정신상태가 아니었다. 보름이 지나자 자리에서 일어난 그녀는 파리한 얼굴로 시도 때도 없이 바다로 달려나갔다.

"노인네들이 딸자식을 앞세웠다고 하였는데, 어찌 되었소?"
"아, 그분요. 정말 비운의 여인이었어요. 신행길에 조난을 당한 낭군님을 찾으러 자꾸만 바다로 뛰어드는 바람에 바다가 보이지 않는 깊은 산속 암자에 감금하다시피 요양을 시켰어요. 그렇게 한 삼 개월 지냈을까요. 어떻게 길을 물어 왔는지 바다를 건너와서 친정아버지가 부리던 낡은 채취선을 타고 바다로 나가 돌아오지 않았어요. 친정아버지는 비통에 잠긴 채 그 길로 가족들을 데리고 섬을 떠났고요."
"그렇게 섬을 뜨셨구려."
나는 조카 친구의 말을 뒤로 하고 썰물로 드러난 큰 섬과 작은 섬을 잇는 자갈밭에 들어섰다. 씨종자를 받기 위해 펼쳐진 김발들이 환영처럼 눈앞에 밟혔다. 어영차, 어영차, 김발을 팽팽하게 잡아당기는 종구 형의 숨찬 목소리가 바람에 실려왔다.
그동안 종구 형의 존재를 까맣게 잊고 있었다. 동생, 어떻

디야? 뭐가요? 나는 짐짓 알면서도 시침을 뚝 땄다. 아따, 느
그 형수 될 처녀 말이다. 한 보름 겪어본께 어떻드냐? 마음씨
하며, 달덩이 같은 섬처녀입디다. 저도 그런 심성을 지닌 인어
공주를 만났으면 좋겠어요. 그래야? 니가 그렇게 보았다면 육
촌이 화합하겠다야. 종구 형은 너부죽 웃음을 지었다. 그 웃음
이 바람결로 다가오면서 귓볼을 발그레 물들인 그녀가 뒤따
라왔다. 나는 바지락을 파는 그녀 곁에 쭈그리고 앉았다. 손이
참 고와요. 부끄럽게끔……. 바닷물에 절은 손이 고우면 얼마
나 곱겠어요. 바다에 사는 생선은 왜 그리 매끄럽고 신선하죠?
모르겠어요. 이거나 기념으로 드릴게요. 그녀는 호미 끝에 묻
어나온 까만 몽돌을 손에 쥐어 주었다. 흑진주 아닌가요? 그
렇게 생각하고 오래도록 간직하세요. 참 알 수 없는 게 사람의
인연이에요. 그녀는 허리를 폈다. 치렁한 댕기머리가 출렁 생
동감을 일으켰다. 그러게요. 너무나 짧은 인연 아닌가요? 나는
그녀가 건네준 몽돌마저 언제 잊어버렸는지 가슴에 지니고 있
지 않았다.

사금 목걸이

복날로 접어들자 폭염은 더욱 기승을 부렸다. 아열대 기후
로 변해가는지라 해가 거듭할수록 사계절의 경계가 모호해지
면서 여름이 길어지고 불볕더위는 숨이 막힐 지경이었다. 닭장
속의 닭들처럼 속수무책 더위에 허덕였다. 에어컨 바람도 한
두 시간 말이지 머리가 띵 쳐오며 더욱 무기력 상태에 빠졌다.
온전히 더위를 벗어날 수 있는 출구는 없을까? 망연히 출구를
생각하고 있을 때, 이 면장과 김 사장이 찾아왔다. 얼음계곡에
가자는 것이었다. 얼음계곡이라는 말만 들어도 생기가 솟아났
다. 아이스크림을 한 입 베어 무는 기분처럼 가슴을 신선하게
비질하였다.

　　이 면장 말에 의하면 얼음계곡은 그리 멀지 않은 거리라고
하였는데, 김 사장은 가본적도, 들어본 적도 없다고 하였다.
가까이에서 모르고 있었다니 새삼 무지함이 빗김으로 차올
랐다.

"내가 처음 발령을 받아 간 지역이오. 삼십 년 만에 찾아가는데, 오늘 불현듯 생각이 난 거요. 마음속에 늘 자리하고 있었지만 공무에 바쁘다 보니 잊고 있었어요."

이 면장은 두 사람의 마음을 설레임과 기대감으로 부추겼다. 산길을 가파르게 올라 임도(林道)가 끝난 곳에 차를 버리고 협곡으로 접어들었다. 이 면장은 출발할 때의 호기로움과는 달리 길을 더듬거렸다. 잡목과 칡넝쿨과 억새로 뒤덮인 협곡은 앞을 분간하기 어려웠다.

"이 길인 듯싶은데……."

자신 없는 투로 풀숲을 헤치며 앞장서 걷던 이 면장의 모습이 갑자기 사라졌다. 땀으로 멱을 감다시피 하며 이 면장의 뒤꼭지만 보고 나아가던 두 사람은 무츠름 걸음을 멈추었다.

"이 면장 어디로 간 거야?"

"저도 모르겠어요. 미궁이 따로 없네요."

김 사장은 이 면장을 소리쳐 불렀다. 대답이 없었다. 간발 차이로 안내자가 자취를 감추었으니 난망하기만 하였다. 앞으로 나아갈 수도 없고 뒤돌아갈 수도 없어 진퇴양난이 따로 없었다.

어찌된 거지? 슬그머니 불안의 그림자가 밀려왔다. 잘못 발을 헛딛어 협곡 아래로 굴러떨어졌는가, 아니면 길을 잘못 찾아들어 미아가 된 것인가. 불길한 생각이 옥죄어 왔다. 거기에 화답이라도 하듯 김 사장이 화들짝 뒷걸음질 쳤다. 얼굴이 회

색빛이었다.

"뒤돌아 갑시다. 뱀들이 똬리를 틀고 있어요."

김 사장의 겁에 질린 목소리에 쫓기듯 차를 버려 둔 곳까지 잰걸음으로 올라 왔다. 숨은 턱에 닿고 땀은 흥건히 옷을 적셨다.

"손전화를 한 번 해 봐요."

한 선생은 모닥숨을 진정시키며 김 사장을 돌아보았다. 김 사장은 시차를 두고 몇 번 통화를 시도하였으나 불통이었다.

"무슨 일이 일어난 게 틀림없어요. 독사에 물렸는지도 모르겠고……."

"실종신고를 해야겠지?"

"가만, 협곡 아래에서 사람 소리가 들리는데요. 우리를 놀릴 생각으로 숨바꼭질을 하는 것은 아닌지 모르겠어요."

김 사장은 조금 전과는 정반대의 방향으로 길을 잡아 나갔다. 한참을 휘돌아 나가자 갑자기 절벽을 이룬 듯한 암벽 위에서 구르듯 쏟아져 내리는 폭포수가 시야를 압도하였다. 장관이었다.

"제대로 길을 찾아왔구만."

한 선생은 탄성을 질렀다. 더위가 싹 가셨다. 별천지였다. 피서객 서넛이 계곡을 거슬러 올라오고 있었다. 이 면장은 보이지 않았다.

"이 면장이 침이 마르도록 자랑할 만합니다."

김 사장도 더위를 잊은 듯하였다. 가까이 다가가니 암벽 위에서 떨어지는 폭포수는 우렁차고, 온몸으로 품어 안는 짙푸른 소(沼)는 성난 듯 회돌이쳤다. 김 사장은 뒤늦게 올라오는 피서객들에게 폭포수 아래 너럭바위를 양보하고 폭포수 위로 올라갔다.

"이 면장은 도대체 어찌된 거야?"

한 선생은 환몽에서 깨어난 사람처럼 이 면장의 실종을 새삼 깨물었다.

"여기는 난청지대라서……."

김 사장은 손전화를 거두고 몇 번 소리쳐 불렀다. 이 면장을 부르는 소리는 폭포수에 묻혀 버렸다. 김 사장은 이내 포기하였다. 한 선생은 침울한 얼굴로 계곡물에 발을 담갔다.

"정 안 되면 마을로 내려가 구원을 청할 수밖에."

"그 방법밖에 없겠어요. 아니면 파출소에 신고를 하던가요. 이왕 왔으니까 계곡물에 담금질이나 한 번 하고 마을로 내려갑시다."

김 사장은 더 이상 참지 못하고 계곡물에 뛰어들었다. 한 선생도 덩달아 옷을 벗어던지고 웅덩이물에 육신을 내맡겼다. 오장육부가 서늘하였다.

"저기, 이 면장 아니요?"

바로 위쪽에서 김 사장이 소리쳤다. 구르는 계곡물에 휘감겨 오는 김 사장의 목소리에 한 선생은 지그시 감았던 눈을 뜨고 김 사장이 가리키는 곳을 바라보았다. 이 면장은 진수렁에 빠져 뒹굴었는지 배낭까지 엉망진창이었다. 그 몰골이 웃음을 깨물게 하였다.

"어찌 된 거요? 지옥에라도 다녀온 게요?"

"뱀을 피하려다 늪 속에 빠졌어요. 뱀은 우글거리지, 자맥질하다시피 죽자고 헤쳐 나왔어요."

"구사일생이 따로 없네요. 안내자가 길을 제대로 모르고 영 젬병이오. 어서 물속에 들어오세요."

"삼십 년 전에는 틀림없이 저기가 길이었는데……."

이 면장은 김 사장의 지청구에 그래도 한 소리하며 계곡물을 뒤집어썼다. 우렁차게 휘돌아치는 계곡물 소리에 산새들도 숨을 죽였다. 이 면장과 김 사장은 한바탕 소란을 떨더니 수석을 건져 올린다면서 위쪽으로 멀어져 갔다.

한 선생은 밀짚모자를 깊숙이 눌러쓴 채 웅덩이물에 몸을 내맡겼다. 무아지경. 어느 사이에 이 세상을 홀연히 떠났다. 시간은 정지되었고, 영혼은 선계(仙界)에 이르렀을 때, 바로 눈 아래 폭포수가 떨어지는 소에서 잉어 한 마리가 솟구쳐 올랐다. 힘찬 기백이라기보다 유연하고 나긋한 율동미가 마음을 사로잡았다.

포물선을 그리며 솟구쳐 오른 잉어는 한 선생의 눈앞에서 변신을 하였다. 한 선생은 입을 다물지 못하였다. 분명 조화였다. 머리 치렁한 여인의 자태로 변한 것이다. 경이롭고 아름다운 황홀경에 빠져들었다. 신비롭기도 하고 향기롭기도 하였다. 저렇게 아름다울 수가!

여인은 말없이 다가왔다. 물기 젖은 삼단머릿결, 반쯤 감긴 듯한 눈매, 선명한 콧날 아래 촉촉이 물기 젖은 고혹적인 입술, 봉싯한 젖가슴, 수초처럼 하늘거리는 음모, 비단결 같은 살결. 신선하고 순백한 알몸을 한 점 부끄러움 없이 드러낸 여인의 모습은 온통 눈이 부셨다. 강렬한 햇살보다 더 눈부신 여인의 나신은 타는 목마름을 안겨 주었다.

"너무 놀라지 마셔요. 오늘에야 비로소 저의 실체를 이해하고 받아주실 분을 만났어요. 매번 이맘때면 물 맞으러 오는 사람들에게 저의 한 서린 사연을 들려주려고 했는데, 그럴 때마다 사람들이 기절초풍하였어요. 저를 귀신으로 곡해한 나머지 멀리 달아난 거예요."

"이렇게 아름다운 여인이 귀신일 리가요. 받아들이기 나름이지요."

"대낮에 이런 모습으로 나타났으니 혼이 달아날 수밖에요. 그 소문이 퍼져나가 이렇듯 아름다운 계곡에 사람의 왕래가 끊기다시피 하였어요. 아랫마을 사람들도 눈길을 주지 않고요. 처녀귀신이 나온다고요. 그런데 오늘 마음을 열어 줄 당신을 만났어요. 저의 마음을 헤아려 줄 분을 오매불망 얼마나 기다렸는지 몰라요."

"듣자하니 깊은 사연이 있는 것 같구려. 무슨 말 못할 원한이 서린 거요?"

한 선생은 간신히 말문을 열었다. 바싹 입안이 메말라 입술이 열리지 않았다.

"세월을 한참 거슬러 올라가야 해요."

여인은 다소곳이 한 선생의 품에 안기며 이야기를 시작하였다. 나긋하게 안겨오는 여인의 체취가 향기롭고 감미롭기만 하여 아득한 기분으로 여인의 한 서린 이야기를 들었다. 그야말로 도취경이었다. 여인의 맥박까지도 한 선생의 심장을 뜨겁게 달구어 여인의 목소리가 아득한 꿈결처럼 나릇한 입김으로 적시었다.

여인의 나이 열아홉. 사춘기를 막 벗어난 아리따운 모습은 가히 일색이었다. 가난한 집에서 보기 드문 미모를 점지받아 어려서부터 사람들의 입에 오르내렸다. 나이가 차고 성숙한 모습으로 무르익어 갈수록 주위에서 눈독을 들이는 숫총각들이 많았다. 집에서는 총각들의 눈총이 꽂혀들 때마다 미인박명이라는 말을 떠올리며 어금버금한 집 총각에게 시집을 보내려고 하였다. 여인은 그게 불만스러웠다. 사람은 저마다 타고난 분복이 있는 법인데 부모의 마음은 이해할 수도, 찬성할 수도 없었다. 그 위에 밥술깨나 먹는 집에서 땅 마지기나 안겨 주겠다며 소실로 탐낼 때마다 거기에 휘둘릴까 봐 저어

하였다.

그 같은 분위기 속에서 가난은 늘 허기지게 하였다. 봄에는 산에 들에 나가 나물을 채취하였고, 여름이면 피서도 즐길 겸 피라미나 가재 따위를 잡았으며, 가을에는 오곡을 비롯하여 가을을 풍요롭게 하는 열매를 거두어 들였다. 밤이며, 감, 도토리 등 산과 들을 부지런히 누볐다.

그해 여름이었다. 삼복 불볕더위를 식히기 위해 얼음계곡에 올랐다. 소녀시절처럼 피라미 떼들을 좇고 가재를 더듬어 잡았다. 어느 돌을 떠들렸을 때 영롱한 빛을 머금은 아주 작고 귀염성 있는 구슬을 발견하였다. 신기한 마음으로 햇빛에 비춰 보았다. 예사 구슬이 아니었다.

그때였다. 발치 아래에서 사람 소리가 났다. 여인은 구슬을 손안에 움켜쥐고 계곡의 숲 그늘로 숨어들었다. 눈앞에 나타난 사람들은 아랫마을 구장을 앞세운 일본순사와 중절모를 쓴 일본사람들이었다. 간이 콩알만 해졌다. 그들로부터 달아나고 싶은데도 마음과는 달리 발부리가 떨어지지 않았다. 바싹 얼어붙은 채 옴쭉달싹도 못하고 그들의 행동을 지켜보았다.

"여기에 금맥이 흐른다, 그 말이오?"

"예부터 사금이 흘러내린다 했지요. 저 위쪽에 틀림없이 사금광맥이 있을 겝니다."

나이 지긋한 중절모의 물음에 구장은 머리를 조아리며 대답하였다. 구장의 약삭빠른 비굴한 속내가 내보였다.

"그건 지질탐사를 해 보면 알 것이고, 그렇게 되면 섭섭잖게 수고비를 줄 것이오."

중절모는 구장의 등을 두드리듯 흔감한 얼굴을 하였다.

"금광맥 탐사는 그쯤 해두고 피서나 즐깁시다. 얼음계곡이라 했지요? 정말 이름값을 하오. 경계 또한 신선이 노닐 만도 하고……."

일본순사가 절그럭거리는 군도를 내려놓으며 웃통을 벗어부쳤다. 근육질로 다져진 단단한 체구였다. 일행들도 덩달아 물속에 들었다. 구장은 수박을 물 위에 띄웠다. 한참 물속에서 노닥거리던 일본사람들은 소나무 그늘이 진 청석바위에 올라 술과 수박을 들었다.

"일꾼들이 올라올 때가 되었는데 어떻게 된 거요?"

"올라오겠지요. 꼭 쇠말뚝을 박아야만 되겠습니까요?"

술이 한 순배 돌아가고 그중 한 사람이 시간을 일깨우자 구장이 꼬리를 사리듯 반문하였다.

"조선이 안고 있는 정기를 끊어야 해요. 맥을 끊어 놔야 의병들이 일어나지 못해요. 더구나 이곳은 의병들이 어느 곳보다 드세게 날뛰는 고장 아니오."

자못 엄숙하게 말하였다. 구장은 아무 소리 못하였다. 조금 있자 인부 세 사람이 쇠말뚝과 함마와 끌을 지게에 짊어지고 올라왔다. 더위로 벌겋게 익은 모습들이었다. 그들은 계곡물에 몸을 식히고 나서 청석바위에 쇠말뚝을 박기 위해 함마를 을러맸다. 물소리만 요란하던 계곡이 함마소리로 혼절하였다.

"더 깊이 내리박으라고."

일본순사의 명령에 그들은 교대로 땀을 흘렸다. 해가 서산 머리에 이를 즈음 작업은 끝났다. 인부들이 돌아 내려가고, 일본사람들과 구장은 저 위쪽 상류 산기슭을 탐사하기 위해 계곡을 거슬러 올라갔다. 그때까지 꼼짝없이 숨어 있던 여인은 기회다 싶어 계곡 그늘숲에서 뛰쳐나왔다. 그런데 운수 사납게도 뒤처져 있던 일본순사의 눈에 띄게 되었다. 엉거주춤 볼일을 보고 난 일본순사는 앞서가는 일행을 따라잡기 위해 걸음을 옮기려다 놀란 토끼처럼 숲그늘 속에서 뛰쳐나온 여인을 붙들었다.

"요게 어디서 나타난 거야? 흐흠, 보아하니 보기 드문 미색이로구나."

여인을 위아래로 매슬러 보던 일본순사는 여인의 미모에 걷잡을 수 없는 욕망에 사로잡혀, 앞뒤 가리지 않고 여인을 품에 안으려고 하였다. 겁에 질린 여인은 사생결단 일본순사의 팔뚝을 물어뜯고 계곡 아래로 달아났다. 앞을 가로막는 폭포수에 이르러 분별없이 몸을 던졌다. 그리고 소용돌이치는 소 아래에 깊이 잠들었다.

"너무나 가슴 아픈 비극이었군요."

한 선생은 여인을 가만스레 안았다. 피부가 비단결처럼 매끄러웠다.

"이게 그때 발견한 사금구슬이에요."

여인은 손을 펴 보였다. 깜찍할 만큼 영롱한 빛을 지니고 있었다.

"내가 어떻게 하면 한 맺힌 가슴을 풀어 드릴 수 있을까요?"

"제 이야기를 들어주는 것만으로도 고마워요. 가슴에 응어리로 간직한 말을 이제야 풀어 던지고 보니 후련한 기분인 걸요. 부탁이라면 저 위 청석바위에 박힌 쇠말뚝을 뽑아 주시고, 저의 옛집을 한번 찾아 주세요."

"그러리다. 집은 어디시오?"

"저 아래 둘째 마을 왼쪽 고샅길 모퉁이에 있는 삼간초옥이에요."

"더는 바라는 게 없으시오?"

한 선생은 오늘 이 자리를 떠나면 영영 여인을 만날 수 없을 것 같은 비애로운 예감이 들었다.

"한 가지 소원이 있어요. 이것도 전생의 인연으로 가슴에 문신처럼 새기고 싶어요. 기꺼이 처녀성을 드리겠어요. 항간에 떠도는 처녀귀신이라는 불미스러운 소리를 잠재우고 싶어요. 저는 오늘을 위해 그 긴 세월을 잉어의 넋으로 기다렸는지 몰라요."

여인의 촉촉한 입술이 타는 갈망으로 한 선생의 입술 위에

포개졌다. 한 선생은 거기에 화답하며 아스라이 사랑에 취하였다. 여인은 아름다움만큼이나 뜨겁고 황홀하게 한 선생의 육신과 영혼을 잠재웠다. 봄날의 아지랑이와도 같은 운무 속에 한없이 잦아들었을 때, 여인은 처음 눈앞에 나타날 때와 같이 한 마리 잉어로 변하여 유연하게 포물선을 그리며 폭포수 아래 깊고 푸른 소(沼)로 사라졌다.

"무슨 꿈을 꾸길래 그리도 황홀한 얼굴이시오?"

김 사장이 흔들어 깨웠다. 남가일몽인가? 한 선생은 아직도 나른한 황홀경에 도취된 채 계면쩍은 웃음을 지었다. 여인이 정표로 쥐어준 사금구슬을 생각하고 손을 펴 보았다. 꿈속에서처럼 영롱한 빛을 발하는 사금구슬이 눈을 의심케 하였다. 이건 현실인가, 꿈인가? 한 선생은 도저히 믿기지 않는 얼굴로 몇 번이고 물에 씻어가며 들여다보았다. 홀린 듯 불가사의하고 신기한 기분이 들었다.

"보기에 앙증맞고 모양새 좋고 투명하오. 우리는 계곡을 천렵하듯 더듬어 겨우 이런 것을 얻었는데, 가만히 물속에 드러누운 채 재미를 보았군요."

이 면장은 자신이 주운 수석을 내보이며 빗대었다. 흔감한 표정만큼이나 제법 듬직하고 모양새 있는 수석이었다.

"이것은 예사 것이 아니오. 값으로 따질 수 없는 귀중하고 소중한 것이오."

"구슬치기나 하면 모를까, 그게 뭐 값진 것이라고 그러세요."

김 사장이 머퉁을 주듯 한마디 하였다. 김 사장도 두꺼비 형상의 무게 있는 수석을 들고 있었다.

"이건 말이오. 꿈속의 선녀가 선물한 것이오. 저 소에 잉어의 화신으로 잠들어 있소."

"아직도 꿈을 꾸시오. 꿈속에서 깊은 사랑이라도 나누었어요?"

이 면장도 면구를 주었다. 그려, 그려. 당신들은 이해하지 못할 거야. 한 선생은 여인이 준 정표를 가슴 깊이 간직하기로 하였다. 오늘을 잊지 않고 기념하며 여인의 넋을 기리겠다고 다짐하였다. 매년 이날이면 이곳을 찾아와 여인의 혼백을 위로하고 사랑을 나누리라.

"배도 출출하고 뭐 좀 듭시다."

김 사장의 제안에 세월의 무게로 휘움하게 굽은 소나무 그늘 아래 청석바위에 올랐다. 한결 운치가 있었다. 여인이 꿈속에서 말하였던 쇠말뚝이 녹이 슨 채 궁상맞게 꽂혀 있었다. 한 선생은 다시 한 번 경이로운 눈으로 머리를 내둘렀다. 어떻게 꿈과 현실이 이렇듯 들어맞을 수 있는 건가? 한 선생은 돌아가는 길에 여인의 옛집을 확인해 보리라 마음먹었다.

"여기에 웬 쇠말뚝이지요?"

"일제의 소행이 아니겠어요. 우리네 산천의 정기와 맥을 끊

는답시고 전국 방방곡곡 이름난 산과 계곡을 헤집으며 이런 몹쓸 짓을 하지 않았소."

한 선생은 이 면장의 말에 꿈속의 여인의 말을 잘근 깨물었다.

"맞아요. 이 얼음계곡이야말로 천하의 절경 아니겠어요?"

"혹시 저 위쪽에 사금광맥이 있다는 소문을 들어 보았어요?"

"처음 듣는 소리요. 어떻게 그런 생각을 한 게요?"

한 선생의 물음에 이 면장은 실없다는 투로 되물었다. 한 선생은 꿈속의 여인이 일러주더라는 말이 목울대까지 차오르는 것을 꿀꺽 삼켰다. 김 사장이 건네는 술잔을 단숨에 들이켰다.

"그나저나 선녀와의 꿈속의 정사가 너무 뜨거웠던 것 아니요? 살갗이 벌겋게 익었어요."

"글쎄. 웅덩이 물속에 잠겨 있었는데도 따끔거리네."

한 선생은 안주 삼아 건네는 김 사장의 푸실한 농담을 변죽 좋게 받아넘겼다.

"아무튼, 삼십 년 전이나 지금이나 변함없는 절경이오. 매년 여름이면 다른 데 갈 것 없이 이곳을 찾읍시다."

"그건 내가 간절히 바라는 바이오."

"허허, 선녀에게 단단히 홀렸군요. 이다음에는 선녀의 모습을 사진으로 찍어 보여 주시오. 눈요기라도 하게요."

그럴 수만 있으면 얼마나 좋겠는가. 세 사람은 다시금 물속에 들어 첨벙거렸다. 하루해가 기웃하였다.

귀가 길에 여인의 옛집을 찾아보기로 하였다. 여인이 일러
준 지점에 이르러 차를 세웠다.
"무슨 일이 있어요?"
"확인할 게 있어서요."
한 선생은 영문을 몰라 하는 이 면장의 물음에 간단히 대
답하고 여인이 꿈속에서 말한 옛집을 찾기 위해 사방을 둘러
보았다. 시골의 현실을 반영하듯 이 마을도 쇠락한 기운을 드
리우고 있었다. 골망골망한 노인네들만이 숨 쉬고 사는 동네
였다.
"무얼 확인한다는 거요? 잡풀로 우거진 빈터뿐인데."
"그러게. 바로 이 지점 어딘데……. 잡초로 우거진 폐허로
군."
한 선생은 김 사장의 머퉁을 하릴없이 받아들이며 아쉬움
을 담았다. 대나무와 무성한 잡초가 우거진 가운데 사람이 살
았던 흔적이라고는 허물어지고 이 빠진 돌담의 형체뿐이었다.
무얼 더 찾는다는 것은 무모한 짓이었다. 찝찝한 아쉬움이 똬
리를 틀었다. 돌아서 나오는데 마침 노인네 하나가 유모차에
몸을 의지한 채 무거운 발걸음으로 지나쳤다. 한 선생은 혹시
나 하고 노인네를 붙들었다.
"저기, 집터 말이에요. 언제적까지 사람이 살았지요?"

"뭐라고?"

노인네는 못 알아들었다는 듯 반문하였다. 귀가 약간 먹은 듯하였다.

"저 집터에서 누가 살았느냐고요?"

"으응, 누가 살려고? 오래전에 망가져 내려앉았지. 손자들이 서울 어디에 산다는디, 한 번도 찾지 않았어. 그냥 내버려둔 거여. 팔아 봐야 몇 푼어치 되겠어? 살 사람도 없고. 그보다 더 좋은 집터가 많잖은개비여."

"그게 아니고, 저 집안 내력을 좀 알고 싶어서요."

"그 부모들은 육이오 때 강제로 산사람들 노역을 하다가 억울하게 죽었어. 그 자식들은 그 땜새 고향을 떠났고. 어디 그 집만 그랬겠어? 마을이 이 지경에 이른 것도 그놈의 전란 때문이었지. 모두가 이쪽저쪽에서 상처를 입었응께."

"혹시 일제 때 그 집 처녀가 억울한 죽음을 당하지 않았는지요?"

"그건 몰라. 소싯적 일이어서. 그 집안과 무슨 관계인디 그렇게 골 깊게 거슬러 올라가 묻는 거여?"

"아무런 관계도 없습니다만, 궁금함이 있어서요."

"내 소싯적 그 너머를 알려거든 저그 제실 노인장에게 물어 봐. 구십이 훨씬 지났어도 한문깨나 알고, 아직도 기억력이 또 렷하니께. 거기에 비하면 나는 기억력이 점점 쇠잔해 가. 바보 멍청이가 된 거여."

노인네는 유모차를 앞세우고 더듬더듬 걸어갔다. 젊어서 일에 찌눌려 살아온 형상이었다.

"더 미련이 있어요?"

"이왕 마음이 와 닿았으니 제실 노인장을 뵙고 싶소."

한낱 꿈속의 여인을 가슴에 지니고서 집착이 너무 심한 것 아닌가? 한 선생은 자신의 마음을 어떻게도 내치지 못하고 제실에 딸린 집을 찾아 들어섰다. 제법 반듯한 집이었다. 진돗개 잡종이 사납게 짖어대고, 미닫이 유리문이 반쯤 열리며 백발이 성성한 노인장이 밖을 내다보았다. 시골 훈장다운 풍모랄까, 비록 나이는 들어 삭아졌다고는 하나 온갖 풍상을 겪어 나온 고목을 떠올리게 하였다. 한 선생은 정중하게 인사를 올렸다. 이 면장과 김 사장도 예를 다하였다.

"어디서 오신 분들이여?"

약간 쉰 듯한 갈라진 음성이었으나 아직도 위엄을 머금고 있었고, 허리가 꼿꼿하였다.

"얼음계곡에서 더위를 식히다 어르신을 뵙고 싶어 왔습니다."

"빙천(氷川) 말인가? 처음인가 본데, 다 늙은 촌로에게 무슨 볼일이 있다는 건지……."

노인장은 선풍기를 방 안에서 끌어내며 마루청을 내주었다. 여전히 뜨막한 표정이었다.

"어르신께서 얼음계곡의 유래를 잘 알고 계시다는 말을 들고 그냥 지나치기가 무엇하였습니다."

"계곡물이야 더할 수 없이 시원하고 경계 또한 어느 곳 못
지않지. 수천 년 한결같이 흘러내려 들판을 풍족하게 적시
고……."

"제가 알고 싶은 것은 일제 때 사금광맥이 입에 오르내리지
않았습니까?"

"손님들께선 그 말을 올곧이 듣고 노다지를 생각한 나머지
다녀온 게요?"

"아닙니다. 그 말은 우연찮게 들었습니다. 일제가 박아 놓은
쇠말뚝도 있더군요."

"쇠말뚝은 분명히 일본놈들의 만행이여. 더구나 빙천계곡은
의병들의 중요 거점지였지. 그 때문에 맥을 끊으려고 그런 악
랄한 수법을 쓴 게야. 오래전부터 쇠말뚝을 뽑아 없애야겠다
고 벼르고 있었는데 유야무야 망각증세가 덧씌워 오늘에 이르
렀어."

"저희들이 기회 보아 뽑도록 하겠습니다."

"고마울 수밖에. 사람의 발길이 닿지 않으니 그 좋은 풍광이
망각 속에 떠내려가. 나도 한 번쯤 가고 싶은데 몸이 말을 듣
지 않으니 마음뿐이고."

"제가 궁금한 것은 왜 사람의 발길이 끊겼느냐는 것입니다.
여름 피서지로는 그 어느 곳보다 아름다운데 말입니다."

"이런 말은 좀 뭣하지만, 백주대낮에 처녀귀신이 나온다는

전설 같은 소문이 오래도록 떠돈 까닭이었지. 그게 말이나 될 법한 소리여? 하지만 시대를 초월하여 여러 사람이 혼겁을 하였어."

"정말 믿기지 않는데요."

김 사장은 영 시덥잖다는 표정을 지었다. 이 면장도 같은 얼굴이었다.

"어쩌면 처녀귀신 때문에 사람의 발길이 닿지 않아 오늘에 이르기까지 옛 모습 그대로 향기로운지 모르지. 피서지마다 사람들이 버린 쓰레기와 오물로 넘쳐나 더럽혀지지 않는가 말이어."

"그 점은 이해가 갑니다. 그런데 어째서 처녀귀신이 나타날까요? 무언가 사연이 있을 듯한데요."

한 선생은 꿈속의 여인의 이야기가 현실로 각인된 데에 적잖이 흥분하였다.

"내가 짐작건대 오래전에 폐허가 된 소 씨네 여식이 있었어. 시골에서 보기 드문 타고난 미모였지. 집안이 가난하였기에 더욱 애잔하고 가녀린 아름다움을 지니고 있었어. 그런데 어느 날 빙천계곡 폭포수 아래로 몸을 던진 게야. 그 죽음을 두고 여러 말이 떠돌았지만 일본순사의 입회하에 자살로 결론을 내렸지."

"처녀가 자살을 하였을 때는 그만한 사연이 있었지 않았을까요?"

김 사장은 자세를 고쳐 앉았다. 이 면장은 냉수를 한 컵 들이켰다. 노인장의 이야기에 의하면, 나무꾼이 그녀의 미모에 반하여 겁탈을 하려다 죽음으로 내몰았다고도 하였고, 뒷집 종가의 총각을 사랑하다 실연에 빠진 나머지 그 상처의 아픔을 이기지 못하여 폭포수 아래 몸을 던졌다고 하였는가 하면, 젊은 사내들이 홀림목으로 욕심을 채우려다 뜻을 이루지 못하였다고도 하였으며, 심지어는 일본순사가 혹심을 품고 사욕을 채우려다 완강히 거절하자 죽음으로 내몰았다는 둥 풍문만 무성하였다는 것이었다.

"별별 해괴한 소문이 낭자하였는데 어느 것 하나 똑 뿌러지게 아귀가 맞는 게 없었어. 소문만 무성하고 실체가 없다 보니 그럴 수밖에."

"영원한 미제사건이군요."

"그런 셈이지. 그 부모들은 가슴에 퍼렇게 피멍울이 들었어. 그렇게 소문만 무성하다 해방을 맞고 육이오전쟁이 일어난 게야. 이번에는 지난날 의병들의 활동무대가 된 빙천계곡이 산사람들의 거점지가 되었지. 그 때문에 이 마을이 피해를 많이 입었지. 그런 어수선하고 피비린내가 가시지 않는 속에 처녀귀신이 나타난 거여."

"어르신께서는 처녀의 죽음을 어느 쪽으로 추론하시는지요?"

"내 생각에는 일본순사 놈의 짓일 거라고 심중을 굳혔지만 입이나 뻥긋할 수 있었남. 처녀귀신의 원혼을 지금이라도 풀어드려야 하는데 마음뿐, 세월의 망각 속에 묻히어 가."

염려 놓으십시오. 매년 오늘을 기일로 정해 여인의 넋을 기리며 원혼을 달래 주겠습니다. 한 선생은 노인장의 말에 마음속으로 다짐하였다. 노인장은 이야기를 끝내자 쇠잔한 기운을 내비쳤다. 세 사람은 무거운 마음으로 자리에서 일어나 대문을 나섰다.

"전설 같은 이야기가 사실이라면 쇠말뚝을 뽑은 그 위에 처녀귀신을 위한 사당이라도 지어야 하지 않겠어요?"

"그것도 좋은 생각입니다만, 솔직히 사금에 대해 관심이 가는군요. 우리가 지니고 가는 수석이 사금덩어리라면 사정이 달라지지 않겠어요?"

"물욕을 앞세우면 안 되지요."

"그런데 어째서 처녀귀신이 선몽하였을까요?"

"전생의 인연인지 모르지요."

한 선생은 김 사장의 의미심장한 말을 따북하게 들으며 집으로 돌아왔다. 갑자기 피로가 몰려왔다. 세상모르고 한밤을 지새웠다. 다음 날, 한 선생은 읍내 금은방을 찾아가 여인이 손안에 쥐어준 사금구슬로 목걸이를 만들었다. 그리고 돌아온 길로 가만히 누워 지냈다. 온몸에 물집이 생기고 따끔거리며 허물이 일어나기 시작하였다. 이 면장과 김 사장이 술병을 들고 찾아온 것은 닷새가 지난 뒤였다.

"허허, 처녀귀신과 정사 한번 야무지게 하였소. 이 목걸이는 처녀귀신이 안겨 주었다는 사금구슬 아니오? 정말 기념비적이오."

"누가 압니까. 내년 여름에는 처녀귀신이 귀여운 옥동자를 안고 나타날지."

이 면장과 김 사장의 웅숭 맞은 농담에 한 선생은 푸릇한 웃음을 지었다.

진경산수
3

삼층석탑

여인네를 처음 발견한 것은 이른 봄이었다. 산을 오르지 않는 날이나 들판 너머 아슴한 거리의 바닷가에 나가지 않는 날이면, 호수를 끼고도는 자전거 산책은 저녁노을만큼이나 정감을 안겨 주었다. 낚싯대를 드리운 태공의 모습이 여유롭게 보이고, 차량의 소음이 와 닿지 않는 시골의 정취는 폐부를 아련하게 비질하였다.

그날은 봄기운이 소롯이 솟아나는 향기에 취하여 이제 막 동면에서 깨어난 개구리 울음소리를 귓결로 흘려들으며, 숨죽은 듯 엎디어 있는 마을어귀를 돌아 들었다. 가깝다면 가까운 거리인데도 처음 가 보는 마을인지라 생소한 기분이 들었다. 개구리 울음소리만 아니라면 이질감마저 들 법도 하였다. 그 가운데 망부석처럼 서 있는 삼층석탑이 나의 시선을 붙들었다. 그리고 그 앞에서 치성을 드리고 있는 여인네…….

지난가을 거두었던 고추밭과 김장밭이 정한으로 얼룩진 훈김으로 묻어나, 그 모든 전경이 무언가 빗물처럼 쓸쓸한 애잔함이 서리어 있었다. 나는 자전거를 세워 놓고 삼층석탑 앞으로 다가갔다. 세월의 풍상에 부대끼고 닳아진, 초라하고 볼품없는 삼층석탑 앞에 정갈한 모습으로 말없이 치성을 드리는 여인네의 모습은 천년 침묵을 드리운 삼층석탑과 하나가 되어 불현듯 저 백제의 한 서린 여인의 환영으로 겹쳐졌다. 분명 이곳은 세월 너머 백제의 땅이 아니었던가?

여인네는 나의 존재를 전혀 의식하지 못하였다. 한동안 정적이 흐르고, 나는 다시 한 번 세월을 거슬러 올라가 백제의 원혼을, 파도가 철썩이는 포구를, 스산하고 암울한 해조음을 환청으로 듣고 있었다. 분명 황금 들판으로 변한 이곳은 개간답으로 조성되지 않았을 때는 파도가 일어서는 바닷가라고 하였다. 버려진 듯 세상 사람들로부터 잊혀진 삼층석탑은 저 옛날 바닷가 포구에 세워졌을 것이다. 통일신라 시대의 유물이며 지방문화재라고 이끼 긴 안내표지석이 말해주고 있었다.

그 사이 여인네는 치성을 드리고 소리 없이 저만큼 멀어져 갔다. 나는 붙들지 않았다. 여전히 꿈을 꾸듯 현실과 과거 속을 헤맸다. 그리고 다시금 눈을 들어 여인네를 눈으로 쫓았다. 여인네는 석양 노을빛 속으로 사라지고 없었다. 초승달이 여인네의 눈썹처럼 서산마루 위에 걸려 있었다.

나는 무언가 아쉬움을 가슴에 담고서 돌아 나와 자전거 페달을 밟았다. 여전히 봄기운을 머금은 바람은 상큼하였다. 집으로 돌아온 나는 삼층석탑과 여인네의 모습을 쉽게 떨쳐 버릴 수 없었다.

그 뒤로 자전거 산책은 삼층석탑까지 이어졌다. 그러나 여인네의 모습은 볼 수 없었다. 삼층석탑만이 쓸쓸한 자태로 나를 맞았다. 아무도 거들떠보지 않는 삼층석탑. 주위를 둘러보면 그에 걸맞는 아담하고 그윽한 절이 세워졌을 것으로 미루어 짐작되었다. 언제 소실되었는지 그 유래를 아는 사람이 없었다. 어떤 사람은 임진왜란 때 방화로 전소되었을 것이라고 하였고, 어떤 사람은 그보다 더 오래전 후백제와 고려의 접전 때 화를 입었을 것이라고도 하였다. 막연한 추측에 불과하였다.

어쨌거나, 치성을 드리는 여인네의 모습이 백제 여인의 환영으로 다가서는 착시 현상을 어떻게 설명해야 하는가? 나는 부질없는 망상인줄 알면서도 그날 이후로 가끔 자전거를 타고 삼층석탑을 찾았다.

그렇게 봄이 지나갔다. 청보리가 봄바람을 살랑거리며 실어 오더니 어느 사이에 누렇게 익어 갔고, 드넓은 들판은 모내기를 하였다. 계절의 변화는 빠르기만 하였다. 녹음방초가 짙푸르고 따가운 햇살이 이마를 부시었다. 지악스러운 매미 소리가 무더위를 몰아왔고; 도리 없이 들판 너머 바닷가를 찾았다.

이곳은 저 옛날 공룡이 뛰어놀았던 초원이었을 거요. 이태

전 여름이었던가. 이곳 토박이 친구가 귓결로 들려주던 그 말마따나 바닷가 자갈밭은 형체를 알아볼 수 없는 무수한 공룡의 화석이 아닐까. 나는 불현듯 아득한 세월 너머 초원을 뛰노는 공룡의 무리를 바라보았다. 신기루 현상이었다. 그리고 아기의 숨결소리처럼 실려오는 파도소리는 그 어느 광장보다도 광활하고 시원한 세계를 열어 주었다. 잔잔한 호수를 연상케 하는 바다.

아슴하게 드러난 갯벌이 드넓은 푸른 초원으로 변하였다. 분명 호수처럼 열려진 바다는 공룡들의 삶의 무대였단 말인가. 그렇던 초원이 어느 순간 바다로 변하면서 공룡들은 화석으로 묻히었다. 빠지직 밟히는 몽돌이 공룡의 알일 수도 있고, 갯벌 위에 드러난 파래 돋은 암석들이 공룡의 뼈마디인지도 모른다. 무수한 파편처럼 바닷물에 씻기어 전설을 불러오는 광장.

나는 그늘진 모래밭 가장자리에 가만히 누워 밀물을 타고 들려오는 해조음을 들으며 별리의 아픈 호곡소리를 꿈결처럼 들었다. 한 척의 배가 동트는 아침 해를 바라보며 그림처럼 바다 위를 떠갔다. 서러운 호곡소리는 그 배에서 들려왔다.

신라와 당나라의 연합군에게 패하고도 끝까지 항복하지 않은 백제의 유민(遺民)들은 살아남기 위하여 고향을 떠나 이곳 바닷가에 이르렀으리라. 더러는 망국의 한을 품고 조국을 떠났을 백제의 유민. 공룡이 뛰놀았던 초원 위를 백제의 유민을 실은 배가 동쪽으로 나아가고……. 나라를 잃고 고국산천을 떠날 수밖에 없었던 애절한 저 해조음!

파도가 발밑을 때렸다. 백제의 유민을 실은 배는 가뭇하게 사라지고, 그 뒤를 이어 군선이 나타났다. 거북선이었다. 왜구를 물리치기 위해 열악한 여건인데도 지혜와 담력으로 승전보를 울리는 거북선. 그러나 바람 앞에 등불격인 이 나라 강토를 지키기 위해 고군분투하며 죽음을 마다하지 않은 거북선은 지쳐 있었다. 전술상 잠시 대열을 가다듬고자 숨어들 듯 모습을 드러내는 위용은 숙연하고 장엄하였다.

그렇게 한여름을 보냈다. 매미 소리가 잦아들고 산에 들에 단풍이 들기 시작하였다. 황금 들판은 마음을 풍요롭게 하였다. 들판을 가로 지르는 선선한 가을바람이 이마를 시원하게 부시었다. 여름날에는 바닷가에 나가는 날이 많아 자전거 산책을 게을리하였는데, 가을바람을 들이마시며 황금 들판을 유유자적 돌아본다는 것은 더없는 충만감을 안겨 주었다. 도로 한쪽에는 탈곡한 벼들이 누렇게 노란 비단천마냥 널려 있고, 깻대가 톡톡 벌어지는 광경은 마음을 기름지게 하였다.

그런데 뜻밖에도 삼층석탑 앞에서 치성을 드리는 여인네를 발견하였다. 백제 여인의 환영으로 다가서는 여인네를 얼마나 궁금해하였던가. 그렇다면 여인네는 그동안 일정한 날을 정하여 치성을 드린 걸까? 반가움이라 할까, 묘한 감정의 소용돌이가 가슴에 차올랐다.

　나는 그 같은 감정을 누지르며 조용히 다가갔다. 석양 노을이 황금 들판을 물들이고 있었다. 고요히 무릎을 꿇고 치성을 드리는 여인네의 모습이 삼층석탑과 하나가 되어 무한대의 입상처럼 보였다. 여인네의 그 모습을 말없이 바라보며 왠지 모르게 서러운 마음이 들었다. 어머니의 어머니, 세월을 거슬러 올라간 우리네 어머니의 초상이었다.

　"이리 오시오. 술 한잔하시게요."

　느닷없는 여인네의 목소리에 나는 귀를 의심하였다. 한없이 낮고 가라앉은 음성이었다. 가슴 깊이로 파고드는 한 송이 눈의 무게였다. 여인네는 무릎 앉음새를 편안하게 고쳐 앉으며 재차 손짓해 불렀다.

　나는 자석에 이끌리듯 여인네와 마주 앉았다. 가까이에서 보니 세파에 찌들린 주름살이 나이테처럼 새겨져 있었다. 치성을 드리는 정한이 주름살 속에 문신처럼 수놓아져 있었다. 삼층석탑 앞에 진열한 두어 가지 나물과 돼지수육은 조촐한 안줏거리였다. 그 가운데 도드라지게 중앙에 소복하게 놓인 엿이 눈에 들어왔다. 의외라는 느낌이 들었다. 여인네는 말없이 술잔을 건넸다. 벼를 수확한 콤바인이 정적을 부시며 지나쳤다. 나는 어정쩡하게 술잔을 받았다.

　"오늘이 기도가 끝나는 날이요."

　"그러세요. 몇 달이 걸렸는가 모르겠지만 대단한 정성이십니다."

"오늘로 삼년이구만이라우. 아흔아홉 수를 사시고 돌아가신 시아버님 삼년상인 셈이지요. 세월이 긴 것도 같은디 뒤돌아보니 금방이네요."

여인네는 새삼 감개무량하다는 표정이었다. 해방감을 맛보는 듯하였다. 그런 기분이 들지 않았다면 굳이 나를 스스럼없이 부르지는 않았을 것이다.

"시아버님의 삼년상을 삼층석탑 앞에서 드린 사연이 있을 법한데요."

삼년상 자체가 요즘 세상에 생각할 수 없는 일이었다. 사십구제도 번거롭게 여기며 삼우제마저 생략한 채 입관을 하고, 봉분을 하기가 무섭게 상복을 벗어던지는 세태가 아닌가.

"시아버님의 간절한 유언이었지요."

"그럼, 시아버님과 삼층석탑과 무슨 연관이라도 있습니까?"

나는 여인네에게 술잔을 되돌렸다. 황금 들판을 물들였던 저녁노을은 점점 사위어 가고, 산자락에 어둠이 내려앉기 시작하였다. 한기가 가벼운 미열처럼 어깨 위에 내려앉았다.

"사연이 길지요. 천년 세월 피내림으로 이어져 왔으니께요."

"조상의 넋과 관련이 있겠군요."

"말하자면 그렇다우. 조상의 한을 대물림으로 가슴에 지니고 있었으니께요. 부질없는 짓인지도 모르는디……."

"이 엿도 시아버님과 무관하지 않겠군요."

나는 안주 삼아 엿을 한입 깨물었다. 달착지근하면서도 고소한 맛이 입안에 착 달라붙었다.

"그런 셈이지요. 대대로 엿을 빚었으니께요. 그만 일어나시게요. 어깨가 서늘하요."

"저는 이야기를 더 듣고 싶습니다만……."

나는 변죽만 울리고 마는 여인네의 집안 내력에 대해 아쉬움을 내비쳤다.

"우리 집으로 가시게라우."

여인네는 일방적이다 싶게 자리를 정리하고 앞장섰다. 초승달이 서산마루에 걸려 있었다. 그러니까 여인네가 치성을 드린 날은 초승달이 어여쁜 눈썹처럼 서산마루에 걸려 있는 날이었다.

여인네의 집은 저 옛날에는 모름지기 부도탑이라도 있었음직한 마을 입구 묘지를 지나 제일 위쪽이었다. 마을 어귀에 묘비명도 없는 묘지라……. 다소 의외로움을 머금으며 여인네의 집에 들어섰다. 마을이래야 오늘의 현실을 반영하듯 열 채 남짓하여 여인네의 집은 그만큼 호젓함이 묻어났다. 한눈에 저 멀리 바다가 열려 있고, 들판이 시원스레 내려다보였다. 바로 눈 아래 삼층석탑이 들어왔다. 삼층석탑이 말해주듯 마을 전체가 큰 절터였을 것이다. 여인네의 집은 위치로 보아 산신당아니면 칠성각이 있었던 자리쯤으로 짐작되었다.

"시부모님과 영감이 돌아가시고 자식들은 다들 도시로 나가고 나 혼자 호젓이 살다 보니 집이 그렇소만 괘념치 마시오."

여인네는 오랜만에 말벗이 생겼다는 듯 찬 공기로 서려 있는 외로움을 손사래 치며 풋풋함을 베어 물었다.

"집 안이 살뜰하고 정갈하십니다."

나는 벽면에 걸려 있는 가족사진을 둘러보았다. 벽면 중앙을 빼곡이 채운 가족사진은 사각모를 쓴 손자로부터 아들딸 다복한 집안이었다. 제일 위쪽에 낡고 퇴색한 사진이 걸려 있었다. 여인네가 말한 시아버지와 시어머니였다. 준수한 모습이었다. 여인네는 조촐하게 주안상을 내왔다. 역시나 안주로 엿을 내왔다.

"생면부지 남정네를 오시라 해 놓고 대접이 영 그렇소."

"별말씀을 다 하십니다. 저로서는 뜻밖의 영광이지요. 시아버님이 의젓해 보입니다."

나는 여인네가 건네는 술잔을 받으며 벽면의 사진을 눈으로 가리켰다.

"특별한 분은 아니셨고, 다만 웃대로부터 내려오는 가풍을 소중하게 여겼구만이라우."

"윗대라면 삼층석탑과도 인연이 닿는가요?"

나는 차분하게 앉음새를 고쳐앉으며 술잔을 비웠다. 그리고 엿을 한입 깨물었다. 막걸리와 엿. 생각보다 궁합이 잘 맞는 안주였다.

"짐작은 하겠지만 마을이 들어서기 전에는 이곳이 아담하고 한갓진 절이었구만이라우."

"삼층석탑 안내문을 보니 통일신라 시대 때의 것이더군요."

"근께요. 함께 바다를 건너가지 못하고 이곳에 남은 자손들이 일본으로 건너간 백제유민의 무사안일을 기원하기 위해 지은 것이지요."

"그렇다면 시아버님의 조상도 그 가운데 한 분이셨겠군요."

"물론이지요. 그때는 마을어귀까지 바닷물이 차올랐구만요. 지금의 들녘은 일제 때 원막이를 하였고요. 일본놈들이 수탈 정책으로 강제노동을 빌어 개간답을 만들고 여기서 난 쌀을 일본으로 실어 갔구만이라우. 기차역도 그래서 생겨났고요."

"그 같은 수난의 역사는 들어 알고 있습니다만, 이곳에서 백제유민이 배를 타고 바다를 건넜다니요."

나는 세월의 간극을 새삼 느꼈다. 뽕나무밭이 바다가 된다는 말을 실감났다. 문득 지난여름 바닷가에 나가 드넓은 초원에서 뛰어놀던 공룡과 거북선을 실루엣처럼 떠올렸던 기억이 생각났다.

"시아버님은 살아생전 매일같이 삼층석탑을 어루만지며 조상의 넋을 기렸지요."

"조상께서는 왜 바다를 건너가는 무리 속에 합류하지 않았을까요?"

"시아버님 말씀으로는 조상님의 부인께서 만삭의 몸이어서 어쩔 수 없이 이곳에 남아 눈물로 그들을 배웅하였다더군요. 그래서 노약자들과 병든 사람들은 여기에 남아 이별의 아픔을 가슴에 두르고서 바다를 건너가는 그들의 무사를 빌었다는 거요."

"절은 조상님께서 힘을 모아 지은 건가요?"

"그만한 여력이 있었겠수. 조상님은 조그마한 사당을 지어 바다를 건너간 백제유민들을 기렸다는디, 그 후로 자손들이 절을 지었다는구랴."

"그래서 연대가 통일신라였군요. 유서 깊은 절이 언제 소실 되었을까요? 거기에 대해 말들이 있습디다만."

"금메요. 나로서는 여러 설이 떠도는디 어느 말이 맞는지 모르지만 안타까운 일이지요. 삼층석탑이 너무 쓸쓸하지 않던가요."

"여러 말 가운데 임진왜란 때 소실되었다면 얄궂은 운명이었습니다."

나는 여인네에게 술잔을 쳐 올렸다. 바다를 건너간 백제유민의 자손 가운데 만에 하나 왜병이 되어 이곳에 짓쳐들어와 방화를 하였다면 얼마나 아이러니한 일인가. 생각이 거기에 이르자 진저리가 쳐졌다. 나의 상상이 사실이 아니기를 바랐다.

"시아버님 말씀에 의하면 임진왜란 때 우리 수군이 이곳에 잠시 머물렀다고 하더이다."

"그 역사적인 사실은 이야기를 들어 알고 있습니다. 고내(庫內)나 고장(庫藏) 같은 마을 이름이 그걸 말해주기도 하고요."

이곳은 우리 수군의 피항지이자 거점지역으로 특히 군량미를 저장한 천혜의 요새였다던가. 그런가 하면 다음 전투를 위해 군사들을 훈련시켰다던, 그 훈련장이 버려진 듯 남아 있기도 하고. 지금은 묵혀진 전답이지만…….

나는 여인네의 말을 들으며 백제유민을 위해 세워졌던 절이 방화를 입었다면 정유재란 때가 아니었을까 생각하였다. 가까운 순천지구에 주둔해 있던 왜병들이 최후의 발악으로 이 지방을 유린하였고, 방화, 살육, 부녀자 겁탈 등 온갖 만행을 자행하였던 것이다. 아군과 주민들의 결사항쟁도 만만찮아 희생자 또한 수를 헤아릴 수 없었을 것이다. 지금도 산등성이에 방어 성채가 잔존해 있고, 흙으로 구워 만든 돌탄환(石丸)이 발견되는 것으로 보아 충분히 그러한 정황을 짐작할 수 있었다.

"우리의 역사가 수난의 가시밭길이었지요."

"원센녀러 시상, 그때 목숨부지하고 살아남은 사람들의 자손들이 세월과 함께 고을을 이루었지 싶으요."

"세월의 부침과 함께 들어온 사람들이 곳곳에 일가(一家)를 이루기도 하였겠지요."

우리 시대만 하더라도 일제의 침탈로 온갖 굴종과 치욕을 맛보았고, 남북분단에 이은 육이오전쟁은 어떠하였는가. 하여간 어느 시대를 막론하고 우리의 역사는 수난의 가시밭길이었다.

"헌데 이 엿은 직접 고아 빚은 것입니까?"

나는 여인네가 건넨 술잔을 비우고 나서 부럼을 깨물듯 엿을 입에 넣고 깨물었다. 안주 삼아 거듭 먹을수록 찰지고 구수한가 하면 달작지근하고 입안이 환하였다. 짐작컨대 생강가루나 계피가루를 첨가한 것 같았다.

"조상 대대로 전수되어 내 차례까지 이르렀구만이라우."

"그런 느낌이 들었습니다. 그렇지 않고서야 삼층석탑 앞에서 시아버님 삼년상을 지내시면서 도드라지게 엿을 올리겠습니까."

"조상께서 백제유민을 바다 멀리 떠나보내면서 몇 날 밤을 새어 가며 엿을 만들었다고 하더이다. 배멀미에도 좋고, 요기도 되고, 고국의 향수를 입안 가득 담아 오래오래 간직하라는 마음까지 담아서요."

"그러한 염원을 기리기 위해 천년 세월 대를 이어 빚어 왔단 말인가요?"

나는 경이로운 마음으로 혀끝을 감싸안는 엿의 맛을 새삼스레 새김질하였다. 도자기라든가, 공예품 따위는 대물림으로 세월을 뛰어넘는다고 하였지만, 먹거리에 지나지 않은 엿을 천년 세월 대를 이어 빚어 왔다니.

나는 불현듯 겨울철이 돌아오면 겨울바람에 불려오듯 마을 어귀를 들어서는 엿장수를 떠올렸다. 엿 사시오, 엿 사. 작년에 맛본 그 엿이 변함없이 찾아와 무시로 시름을 잊게 해 주요. 헌신짝도 좋고, 큰애기 속치마도 들풍이요, 숟가락 몽뎅이도 엿가락이요. 어허, 엿 사시오. 엿 사! 구성지게 가락지어 울리는 엿가위 소리는 금방 입에 침이 고이게 하였고, 아랫목 구들장 이불 속에 몸을 묻고 있던 노인도 곰방대를 입에 물고 나오게 하였다. 코흘리개 아이들은 누런 콧물을 고드름처럼 매달고서 엿장수의 뒤꽁무니를 따라 다녔다.

엿장수가 나타났다하면 뭐니뭐니 해도 엿치기만큼 신나는 놀이는 없었다. 좌판 위에 겹겹으로 쌓인 엿가락 가운데 선별 작업을 하듯 엿가락 한 개를 집어들고 중간 허리를 툭 분지른 다음, 잽싸게 모닥숨을 후 불어 구멍 크기를 확인하고서 상대의 엿구멍과 비교하였다. 상대방보다 엿구멍이 크면 볼 것 없이 환성이 터져 나왔다. 내가 이겼다! 상대방은 죽을상을 지었다. 오기가 머리끝까지 뻗쳐오른 상대는 계속 엿치기 내기를 강요하였고, 그러다 보면 주머니가 바닥나기 마련이었다. 에라, 시펄. 막판까지 가자는 오기로 헌신발짝이며, 양은그릇이며, 할머니의 비녀까지 슬쩍 집어 들고 나와 사생결단을 하듯 끝장을 보았다. 그 덕분에 코흘리개 아이들과 심판을 자처하고 나선 곰방대를 물고 나온 노인네들은 입안이 뻑뻑할 정도로 경편을 얻어먹었다.

"우리 집안만의 가풍이랄까, 비법을 올곧이 품 받아 이어 왔구만이라우."

"엿을 만드는 데도 전래의 비법이 있는가요?"

"있다 뿐이겠소. 지방마다 그 맛과 색깔이 다르고, 저마다 정성 어린 손맛을 지니고 있지요. 무엇보다 마음가짐이 똑 부러져야 하고요. 재료 하나하나가 오행이 상생하듯 속박이나 장애가 없어야 하고, 이마에 맺히는 땀방울만큼이나 공력이 깃들어야 해요. 지악스럽게 정성이 요구되는 작업이재요. 묵기는 쉬워도."

"그 마음속에 백제유민을 바다 멀리 떠나보낸 그 서럽고 한스러움을 지성으로 담아 빚은 선조의 넋을 재생하는 기원이 담겨 있고요."

나는 만삭의 몸으로 몇 날 밤을 새워가며 엿을 빚었을 여인네의 선조를 신기루처럼 떠올렸다.

"그렇지요. 선조의 마음을 올곧이 새기며 엿을 만들다 보면 저절로 가슴이 숙연하당께요. 손에서 손으로 전수되어 내려온 그 세월을 어느 누가 알겠소."

"충분히 이해가 갑니다."

"워메, 습관처럼 몸에 익어서 그렇제, 처음에는 무던히도 토심스럽고 애를 먹었지라우. 행여 침이라도 튀길까 봐 숨도 크게 쉬지 못하제요."

"다음 며느리께서도 대를 이어야 할 거 아닙니까?"

"당연히 그래야제. 헌디, 시상이 어디 그렇소. 젊은 사람일수록 우리 것을 시쁘게 여긴 나머지 눈 아래로 내려다보지 않으요. 우리네 숨결이 담겨 있는 전통을 가벼이 여기지 않소. 우리 며느리들도 그런 본새가 젖어 있는디, 억지로 하랄 수도 없고. 헌디 막내며느리가 쪼깐 관심을 가지요. 기특하기도 하고, 어쨌거나 나로서는 든든한 마음이 드요."

"무엇하면 전통음식으로 특허 같은 걸 내시지요."

"그건 싫구만요. 가난스레 숨죽은댓기 조상의 넋을 기리며, 엿의 진맛을 가슴에 담으면 됐지라우."

여인네는 그 점에 있어 단호하였다. 조상의 정신을 그대로 대물림 받은 무욕의 소유자처럼 비쳐졌다.

"만약에 말입니다. 백제의 유민이 일본에 건너가 조상께서 건네준 엿맛을 잊지 못해 대대로 엿을 빚어 왔다면 어떨까요?"

"그럴 리야 있겠소만, 그 같은 숨결을 지니고 있다면 얼마나 감회 깊은 일이겠소. 선조께서도 눈물을 흘리실 거요."

"혹시 누가 또 압니까. 그 같은 전통을 가슴에 지닌 후손이 우연한 기회에 이곳에 들렀다가 이 엿을 맛보고 나서 뿌리의 근원을 알게 된다면요."

"참 상상도 거창하시오. 그런 일은 꿈에도 없겠지만, 만에 하나 그런 만남이 이루어진다면 그보다 더 기쁘고 감개무량할 수가 없겠지라우."

"저는 그런 날이 왔으면 합니다."

나는 스스로 다짐하듯 힘주어 말하였다. 세상은 우연찮은 일로 자신의 근본을 들추어 내지 않는가. 다만, 땅에 묻히어 잊혀졌을 뿐.

"헌디, 아무래도 낯이 선디, 어떻고롬 이곳에 오게 되었는가 라우?"

"아, 예. 도시생활을 정리하고 나서 어딘가에 향수를 피워 올려 줄 안온한 곳이 잊지 싶어 찾아다니다가 이곳에 마음을 내려놓기로 하였습니다."

"구경할 만한 것이 사방에 널려 있지라우."

"예상대로 산수 좋고, 눈앞에 바다가 열린 공간으로 다가와 마음을 시원하게 안아 줍니다. 바닷가에 공룡의 화석도 널려 있고요."

"그런디도 모두들 도시로 떠나고 쭉정이들만 기신기신 숨 쉬고 있지 않으요."

"그건 시절이 그렇게 내몰지 않습니까. 언젠가는 다시금 그 옛날로 돌아오리라 믿습니다."

"금메요. 그렇게 됨사 얼마나 좋것소. 삼층석탑만 하더라도 조상님의 정한이 깃들어 있는디 저렇게 버려져 있지 않는개비 요. 여력만 있으면 나라도 불끈 일어나 소실된 절을 다시 일으 켜 세우고 싶소만, 그저 한낱 베갯머리 쓰잘데 없는 공상에 지 나지 않으요."

"언젠가는 그 소원이 이루어질지 누가 압니까. 인식이 달라 지면 진펄이 옥토가 된다고 하였습니다."

"그 세월이 언제일는지, 시아버님께서도 그 같은 소망을 한

평생 가슴에 지니고 있었소만……."

여인네의 눈길이 벽면의 시아버님 사진에 머물렀다. 나는 그 모습을 지켜보며 엉뚱한 생각을 하였다. 여인네의 다음 세대에 이르면 여인네의 시아버님이 가슴에 지녔던 간절한 염원을 얼마큼 새겨 담을까. 시절은 빠르게 변하고, 사람들의 인식은 옛것을 소홀히 여겨 망각의 늪을 넓혀 가지 않는가. 우리네 환경과 삶의 구조가 그렇지 않는가. 하지만 실낱 같은 희망의 불꽃은 망각의 늪 속에 도사리고 있다. 아주 조그마한 성냥개비 한 개가 크나큰 불씨를 일으키지 않던가.

"너무 비관하지 마십시오. 뿌리 찾기는 인간의 영원한 향수이자 근원입니다. 제가 보니까 백제유민의 넋을 기리기 위해 축제를 열더군요."

"여러 해 전부터 민속놀이 비슷하게 재현하오만, 그것도 요즘은 유행가락을 덧칠한 축제마당이어서 뭔가 그렇소."

"시대상을 반영하는 것 아니겠어요. 점차 새로운 자각으로 축제마당을 이어 간다면 가슴에 지닌 염원이 이루어질 것입니다."

"꽤나 낙천적이네요. 엿을 더 내올까 봐요."

여인네는 엿을 잘도 깨무는 나를 대견해 하며 남은 술을 의식하였다.

"됐습니다. 이제 그만 가봐야겠습니다. 어지간히 취기도 오르고요."

"그럼, 가실 때 쬐끔 싸줄 테니께 이물개로 드시게요."

"엿을 맛보니 정말 진득한 향수가 가슴 가득합니다."

"우리 자식들도 미처 그런 마음을 지니지 못하였는디, 참으로 마음 기쁘요. 일어나시려고요? 잠깐 있어 보시오."

여인네는 엿을 싸주고 나서 장롱 깊숙한 곳에서 낡고 바랜 고서를 꺼냈다.

"이건 또 뭡니까?"

"시아버님께서 품속에 지니셨던 가보(家寶)지요. 조상님 이야기와 엿을 만들어 온 내력이 상세하게 적혀 있을 것이오."

"그 귀중한 가보를 어찌 저에게……"

나는 흔감한 마음으로 몇 장을 떠들려 보았다. 필사본이었다. 한문과 한글이 뒤섞인 것으로 보아 대를 이어 내려오면서 꼼꼼하게 기록한 것으로 짐작되었다.

"우리 자식들은 한문 실력이 짧아 제대로 음미할 수 없을 것이니, 수고스럽지만 한번 봐주십사 하고요. 어쩐지 믿음이 가요."

"저로서는 고맙기만 합니다. 저도 짧은 실력입니다만 노력해보겠습니다."

나는 여인네와 헤어져 집으로 돌아왔다. 엿과 가보를 책상 위에 펼쳤다. 백제유민을 실은 배가 포구를 가뭇하게 벗어나자 만삭의 여인이 눈물을 훔치며 손짓해 보내고 있었다.

진경산수 4

소
쌀
밥

“계시오?”

“왜, 또?”

“워메, 답답해서 사람 똑 미치것소.”

“뭔 일인디?”

“좀 들어 보시오. 말이 통하나, 입맛이 맞나, 생활습관이 맞나, 사람 환장하것소. 천불이 나요, 천불이…….”

“국제적으로 장벽이 높단 말이여?”

“높고 낮은 정도가 아니요. 이건 갈수록 엉망진창이요.”

“그렇다고 하루이틀도 아니고, 디립다 술이여? 또 자그만치 석달 열흘 술독에 빠져 지낼 것이여?”

하명 양반은 이마에 알밤이라도 놓듯 눈을 흘겼다. 몸을 가눌 수 없을 만큼 비틀거리는 형상은 며칠을 술에 절은 품새 없는 몰골이었다.

“맨 정신으로는 도저히 숨 쉬고 살 수 없소.”

"누굴 보고 이국 만리타향에서 이곳까지 왔는가. 지지리도 못나게시리 그새를 못 참고 지랄이여?"

"워메, 누가 그걸 모르요. 하여지간 못 살것소. 그 깜냥에 마누라 행세를 한답시고 술 냄새 난다, 담배 냄새 난다, 매일 아침저녁으로 샤워를 하라, 시집살이도 요런 시집살이가 어디 있소. 그냥 자유인으로 살아온 내가 아니오."

"저저이 옳은 말 아닌가. 썩은 생선토막도 아니고, 날밤으로 술 냄새를 풍기는디, 누가 좋아할 것인가. 명색이 신혼생활 아니여? 아침저녁으로 정갈하게 몸을 추슬러야제. 신방을 술 구린내로 초장을 치면 되것는가?"

"아무튼, 보내사 쓰것소. 소통 부재요. 원, 이런 복창 터질 일이 어디 있것소. 내 이럴 줄 미처 몰랐단 말이요."

"언제는 꽁지 빠진 새처럼 좋다고 설래발을 치지 않았남. 사람이 자발이 없기로서니……."

하명 양반은 혀를 끌끌 찼다. 소통 부재랄 것 같으면 스스로 노력해서 언어부터 장벽을 헐어야 쓸 것 아닌가.

"지금도 사랑하요. 아문요. 사랑한다고요. 지도 나를 사랑한다고요."

"그럼 됐제. 뭔 깨춤인가. 세월이 가면 서로서로가 한마음으로 열릴 것인디, 그새를 못 참고 오두방정이여? 한마을 시집 장가도 막상 결혼하고 보면 복창 터질 일이 한두 가지가 아닌디."

"사랑만으로는 살 수 없지 않것소. 비행기 표도 끊어 놨구 만요. 서로가 상처를 떠안고 가면 미련 따위는 두지 말자 했소. 혼인신고도 아직 안 했겠다, 마음 복잡하게 이혼하고 말고가 어디 있것소. 안 오면 그만이제. 아, 답답해서 미치고 환장하것소. 술이나 한잔 주시오."

"우리 집에 술이 어디 있어. 인자, 제발 그만 좀 마셔. 이웃 부끄러운 줄도 알아야제. 어여, 숨죽여 한숨 자아."

"워메, 워메, 복창 터질라 한 거."

"저런 웃넘이 너덜밭 같은 몰골하고는……."

하명 양반은 안정 없이 돌아섰다. 술을 마시지 않으면 세상사 법 없이도 사는 선량하고 사리분별 또한 똑 부러지는 녀석인데 술만 마셨다 하면 석 달 열흘 밤낮을 가리지 않고 술독에 빠져 헤어나지 못하였다. 어디서 배운 술버릇인지……. 집이라고 들어서면 술 냄새로 코를 싸쥐게 하였고, 담배꽁초하며, 빈 술병, 휴지조각이 널브러져 있어 쓰레기장을 방불케 하였다. 몰골은 또 어떠한가. 인사불성, 제 몸을 가누지 못하였다. 그런데 어느 여편네가 좋아하겠는가.

언제부터인가 그녀러 술버릇이 농한기를 당하여 마시기 시작할라치면 꼭 석 달 열흘을 채우고 나서야 새롭게 태어난 사람처럼 술독에서 깨어나 멀쩡하게 되살아났다. 그리고 언제 그랬느냐는 듯 마음 다잡고 일머리를 휘어잡았다. 하여 그놈의 고약한 술버릇을 이해하기 어려웠다. 노장자 운운하면서

세상을 놓아 버린 자유인으로 자처한다지만, 석 달 열흘 술독
에 빠져 지낼 건 뭔가. 오뉴월 장마도 그보다는 짧을 터였다.
허긴 스스로 무위도인으로 자처하듯 세속을 초월한 면도 없
지 않았다.

어쨌거나, 그렇게 술에 절어 왜장치고 나서 닷새쯤 지났는
가, 집 안이 조용하였다. 기어코 무슨 사달이 났구만. 하명 양
반은 지침지침 내려가 보았다. 집 안에 들어서기가 무섭게 술
냄새가 진동하였다. 토방마루와 처마 밑에는 빈 술병과 담배
꽁초가 어지러이 뒤섞여 나뒹굴고, 열어젖힌 안방은 그야말
로 난장판이었다. 조카는 한바탕 분탕질을 친 방 한구석에 새
우처럼 구부리고 술에 곯아떨어져 세상모르고 있었다. 베트남
색시는 어디 갔남? 아무리 두리번거려도 그림자도 보이지 않
았다. 기어이 친정나라로 간 모양이제. 하명 양반은 쓰거운 마
음으로 돌아 나왔다.

연중행사처럼 술버릇이 도질 때마다 서울 사는 부모형제
는 물론 이웃에서 골머리를 앓는 가운데, 그 치유책을 여러모
로 생각하였다. 여러 방법 가운데 장가를 보내자는 의견이 압
도적이었다. 문제는 색싯감이었다. 술버릇이 고약하다는 속내
를 아는 주위에서는 선뜻 중매를 서겠다고 나서지 않았다. 농
촌에서는 아무리 주위를 둘러보아도 걸맞는 신부감이 없을 뿐
만 아니라, 노총각인데다 술버릇까지 고약하다는 입소문이 나
돈 것이다. 그 위에 다들 농촌으로 시집오기를 꺼려하였다. 현

실이 그렇게 농어촌 총각들을 외면하였다. 그래서 동남아 여성들을 찾게 되었고, 다문화시대를 연 것이다.

"그래요? 가만있으세요. 제가 한번 좋은 인연을 물색해 보지요."

우연찮게 새로 부임한 면장과의 상견례 자리에서 이런저런 이야기 끝에 말을 꺼냈더니 면장께서 선뜻 인연을 맺어준다는 것이었다. 처음에는 조카도 떨떠름한 얼굴로 내치더니 면장의 집요한 설득에 못 이겨 베트남을 두어 차례 다녀오더니만 마음에 들어 하였다. 반가운 일이었다. 차제에 고약한 술버릇도 종지부를 찍겠거니 기대하며 결혼식을 올리던 날, 이웃 모두가 진심으로 탈 없이 잘 살기를 기원하였다.

그런데 웬걸, 몇 주야를 지새우고 나서 다시 술을 들어부었다. 이유인즉 언어장벽에서 오는 소통 부재와 생활습관에서 오는 갈등이라는 것이었다. 결혼을 마음먹은 그날부터 그 정도의 각오와 이해는 헤아려야 되지 않겠는가. 아무리 들어도 궁색한 변명만 같은데, 기어코 색시가 집을 떠난 것이다.

"인자, 저 술귀신을 어찌하면 좋을지……."

"그러게 말이여. 우사도 저런 우사가 어디 또 있것는가."

하명 양반은 두실댁의 걱정에 입맛을 쓰겁게 다셨다. 색시도 참하고, 지만 잘하면 한 살림 이루겠다고 마음 흐뭇해 하였는데, 이렇게 되고 보니 면장 볼 낯이 없었고, 조카 녀석 앞날이 더욱 칠흑이었다.

"이제라도 제정신으로 돌아와 색시를 다시 데려왔으면 좋 것는디요."

"그거사, 희망사항 아니겠는가. 참담한 심정으로 비행기를 탔을 것인디, 상처가 쉽게 아물것는가."

"조카가 복을 떤 것이지요. 색시가 볼수록 예의범절하며 배 운 티도 나고, 참하던디……. 차근차근 인내심을 가지고 서로 가 일깨워 나가면 소통 부재가 무어 문제겠소."

"정신이 온전히 돌아오면 지도 후회하것제. 시간을 두고 볼 수밖에."

"두고 보나마나 날아간 파랑새요. 조카 꼬락서니를 보시오. 어느 색시가 정나미 안 떨어지게 생겼는가."

하명 양반은 두실댁의 말에 할 말이 없었다. 기분이 영 서 글펐다. 친조카는 아니지만 가까이 이웃하고 살다 보니 조카 의 행동거지 하나하나가 눈에 밟혔다. 조카 말대로 번드르르 한 대학 문턱에도 못 가 보고 그렇다고 똑 부러진 기술도 없 어, 도시물을 먹으며 몇 년 방황께나 하다가 비실걸음으로 고 향에 내려와 버려진 안태집에서 논밭 몇 마지기 갈아엎고 살 았다. 구부러진 소나무가 선산을 지킨다고, 처음 얼마 동안은 고향 훈김이 얼마나 좋으냐고 자족하였다. 그렇게 몇 년 나름 대로 열심히 버티더니만, 앞으로 벌어 뒤로 빚지고 사는 게 농 촌실정이라 한계를 느끼기 시작하였다. 그 위에 남들은 하다 못해 노총각 딱지라도 떼야겠다는 심정으로 다문화시대를 열었다. 조카도 주위의 권고도 있고 해서 몽달로 늙어 죽을 수는 없었다. 주위에서 더욱 애를 썼다. 그런데 무슨 마음에서인지 멀뚱한 눈망울로 도통 마음을 움직이지 않았다.

"장가는 가서 뭣하게요. 괜히 고생만 시키지요."

시루죽한 표정으로 내쳤다. 여자로 인해 상처를 받았거나, 사모하고 기다리는 여자도 없지 싶은데 장가 말만 나오면 머리를 외로 꼬고 돌아섰다. 그러면서 노장자를 들먹이며 흔연히 세상을 일탈한 자유인으로 자처하였다. 그게 또 어쩔 때는 서글프게 다가오기도 하였고, 푸성귀처럼 풋풋하게도 느껴졌다. 아무리 무식한 사람일지라도 자연과 더불어 흙냄새를 맡으며 사노라면 누구나 무소유의 경지까지는 몰라도 욕심을 덜 수 있었다. 무소유가 별건가. 가진 것 없는 농촌에서 더는 바라지 않고 자족하며 사는 것이 무소유 아니겠는가. 산다는 것은 나이를 먹는 것이라고, 더께더께 세월을 이고 사노라면 세상사가 그저 그랬다.

그렇게 한동안 무소유로 자처하며 사는가 싶더니만, 욕심을 버린 그 속에 술잔을 채워 넣기 시작하였다. 그것도 도의 경지인지는 모르겠으나, 술버릇하고는 고약하고 유별났다. 술을 입에 댔다하면 석 달 열흘을 채우고 나서야 환몽에서 깨어나듯 말끔하게 제정신으로 돌아왔다. 언제 그랬느냐는 듯이 비 개인 뒷날처럼 일머리를 휘어잡았다. 그걸 보면 한 지견 한 듯도 싶었다.

하명 양반은 기분도 그렇고 하여 마실을 나갔다. 딱히 갈 만한 곳이 없었다. 점점 나이가 들수록 어울려 술 한잔 나눌 이웃이 없었다. 골망골망한 할망구들 아니면 귀먹고 눈 침침한 홀아비 늙은이들뿐이었다. 그나마 마누라 수발을 제대로 받으며 사는 사람은 자신뿐이었다.

"그려. 오늘이 장날이제? 파장이나 다름없겠지만 바람이나 한번 쐴까?"

하명 양반은 마침 마을버스가 마을어귀를 돌아들자 오일장날이 떠올랐다. 버스에서 내리는 사람은 귀곡댁 혼자였다. 보나마나 떠리미 물건을 샀지 싶었다. 승객이라곤 하명 양반뿐이어서 조금은 멋쩍었다. 오일장날만이라도 장꾼들로 북적거려야 운전기사도 운전할 기분이 날 것인데 맥이 풀리지 않겠는가. 장터는 역시나 파장이었다. 살 것도 없었고, 볼 것도 없었다. 허심한 마음으로 장바닥을 일별하고 돌아서는데 오리 할배가 구부정하게 다가와 알은체를 하였다.

"모처럼 장에 왔음시러 무담 없이 돌아서?"

"볼일이 따로 없구만. 오리털 좀 뽑았는겨?"

"나사, 늘 그 꼴이제. 한잔하고 가."

오리 할배는 하명 양반을 컨테이너 안으로 잡아끌었다. 장날만 노인네들을 상대로 술청을 열었다. 두 해 전만 해도 창고로 쓰였는데 주모가 술청을 연 것이다. 오리 할배가 기계로 오리털과 닭털을 뽑아 주는 바로 옆이었다. 술청에는 얼굴이 술 빛으로 익은 노인네들 몇이 서로 잘났다고 침을 튀겼다. 늙어 가는 주제에 잘났으면 얼마나 잘났다고 저럴까. 시골 노인들이 정치를 알면 얼마나 알 것이며, 시국 돌아가는 현실을 목청 돋구어 질타한들 누가 귀 기울일 것인가. 하늘에다 대고 주먹 총 놓는 식이지.

"웃뜸 촌수 높은 자네가 이 시간에 어인 볼일로 나왔는가? 무릎관절이라도 도진 거여?"

그 가운데 매실 사는 친구가 하명 양반을 알아보았다. 인사치고는 영 상스러웠다. 그렇다고 무시할 수도 없어 붙잡아 앉히는 대로 합석을 하였다. 자신이 생각해도 전작이 있는 친구들과 자리를 하고 보니 물 위의 기름처럼 맨숭한 기분으로 겉돌았다.

"듣자니 아랫집 조카 새악시가 집을 나갔다매? 또 그녀러 술신통이 도진 건가?"

"허허, 뉘우스 한번 빠르구랴."

"장날 아닌가. 이웃지간에 자네 마음이 불편하것네. 그놈의 자식, 머나먼 이국 새악시를 데려왔으면 남들처럼 깨소금으로 살 것이제 무슨 병통인가. 국제적으로 나라 망신까지 시킬 참인가?"

"지 운명이고 팔자 아니겠는가."

"허긴, 몽달귀신 면은 했네만 사람의 도리가 아니제. 새악시쪽에서 볼 것 같으면 소박맞은 셈 아닌가."

"왈가왈부해 봤자 엎질러진 물인디, 술안주로 곱씹을 건 무언가."

"그려, 그려. 술이나 한잔 받게나."

하명 양반은 오리 할배가 건네는 술잔을 받았다. 술맛이 영 젬병이었다. 조카도 자식이라고, 듣기에 불편하였다. 두어 잔 비우고 거리로 나섰다. 떡방앗간을 지나치는데 주인이 인사를 하였다.

"집에 가시게요? 모셔다 드릴 테니께 차에 타세요. 그쪽으로 배달 갑니다."

하명 양반은 고마웠다. 항상 친절을 가슴에 지니고 있어 떡방앗간이 잘 되었다. 객지에 나가 고생깨나 하였는데, 부부가 한마음으로 늙은 부모를 봉양하는 가운데 알뜰하고 신실하였다.

"무슨 차들이 연이어 들어오고, 서울 사는 즈그 형들이 온 건가?"

"성들이 뭐가 이쁘다고 내려와."

"아래께부터 어디가 덧났는지 꽥꽥거립디다. 누가 연락이라도 했는지 모르지요. 조카 말로는 다 죽어가는 소리로 오늘부터 술 그만 마신다고 하던디."

"그새 석 달 열흘을 채운 건가?"

"이번에는 석 달 열흘 채우자면 아직 멀었지요. 조카도 나이가 있는디 예전만 할랍디요."

"허면 무슨 차들일까?"

"흰 가운 입은 여자도 설핏 보이고……. 창자라도 녹아내려 구급차라도 불렀는가 모르겠소."

"그렇게 궁금하거든 내려가 보소."

"그래 볼까라우. 이웃에 요상한 조카를 두고 본게 별별 일을 다 보요."

두실댁은 고무신을 끌고 집을 나섰다. 하명 양반은 마루청에 팔베개를 하고 하늘을 바라보았다. 어느덧 계절은 결실의 문턱에 다달았다. 올해는 유난히 날씨가 쟁통을 부려 봄장마가 졌는가 싶더니 내리 가뭄이 들어 애간장을 태우고 느닷없이 국지성 폭우가 퍼부었다. 뒤따라 태풍이 연달아 이틀거리로 들이닥쳐 혼줄을 빼놓았다. 농작물은 말할 것 없고, 가로수며, 유실수며, 전봇대며, 지붕이며, 인정사정 볼 것 없이 내부셨다. 사람들은 예전에 볼 수 없었던 강풍에 넋을 잃었고, 바다와 산과 들은 망가질 대로 망가졌다. 원수녀러 태풍, 사람을 질식시켜도 유분수제. 사람들의 입에서 절로 원망 어린 탄식이 나왔다.

그 위에 가을을 재촉하는 비가 질금질금 내려 이래저래 울화증이 치밀었다. 올 농사는 죽 쑤었어. 시루죽한 그 말도 입에서 나오지 않았다. 온난화 현상이라 하나 비가 내렸다 하면 사람이고 식물이고 초죽음으로 만들었다. 들녘을 내려다보면 천재지변이거니 하면서도 농사지을 마음이 싹 가셨다. 그렇다고 조카처럼 술독에 염장을 할 수도 없었다. 하긴, 녀석은 술독에 빠져 지내는 동안 저 꼬라지를 보지 않아서 마음 편했것제.

발자국 소리가 들렸다. 두실댁이었다. 이제 보니 마누라도 많이 쇠잔하였다. 꽃다운 나이에 시집온 지가 엊그제만 같은데 세월의 무게가 새삼 아슴하게 느껴졌다. 자신도 모르게 한 가닥 짜안한 마음이 들었다. 가난을 대물림한 살림살이를 머리에 이고서 자식 낳아 키우랴, 사는 것이 무엇인지 시절은 잠간이었다.

"무슨 소식을 물고 왔는가?"

하명 양반은 자리에서 뒤치적 일어났다. 나이 들수록 돌아눕고 일어나는 것조차 버거웠다.

"아, 금메. 새악시가 비행기를 타지 않고 다문화여성쉼터인가 하는 곳에 있었다 안 하요. 그 사람들이 조카의 동태를 살펴볼라고 왔다네요."

"그럼, 그쪽으로다 구원요청을 했다는 거여?"

"저쪽 우실마을에 사는 같은 동향 언니가 그쪽에 연락을 해서 교육도 받고, 건강진단도 받았다나요. 홀몸이 아닌게비요."

"잘되었구만. 임신을 했다면 지도 정신 차리고 색시 위하것제."

"안 그래도 다문화여성쉼터에서 각서를 받아 갔다네요. 조카의 건강상태도 알아보고 말이요."

"건강이야 타고나지 않았는감. 석 달 열흘 술독에 코를 박고 지내도 끄떡없지 않는가."

"그게 아니라 알콜중독인가 아닌가, 그게 문제랍니다."

"아녀. 그것은 내가 보증하제."

"일어날 것 없어라우. 벌써 각서 쓰고 진단받고, 닷새 뒤에 새악시를 데리러 오라고 했다네요."

하명 양반은 두실댁의 제지에 일어나려다 말고 다시금 자리에 앉으며 이제는 제대로 사람이 되겠거니 생각하였다. 아니나 다를까, 다음 날 이른 아침부터 쓰레기 태우는 연기가 바람에 실려 왔다. 하명 양반은 살짜기 들여다보았다. 마당이고 마루고 안방이고 널브러져 있던 담배꽁초와 술병들을 한곳에 주워 모으고 방 안을 청소하였다.

"색시가 돌아온다니께 제정신이 돌아왔냐?"

하명 양반은 밉살스럽게 눈을 흘겼다. 몰골이 말이 아니었다.

"태풍이 그냥 젓을 담가 버렸소."

"태풍이 할퀴고 간 것도 모르고 술신통 삼매경에 들었으니 주신(酒神)은 주신인갑다. 거, 이발도 좀 하고 목욕도 하거라."

"안 그래도 마음 쓸라요."

"술독에 빠지지만 않으면 천하에 부러울 것 없이 살 녀석이

왜 그 모양이냐. 씨알까지 뱃속에 들었으니 정신 똑바로 차려
야 쓴다."

하명 양반은 무념스레 청소하는 모습을 지켜보다가 앞 들
판으로 나갔다. 태풍이 분탕질을 치고 간 들녘이 보기에 언짢
고 토심스러워 한동안 눈길 한 번 주지 않았다. 정부에서 피해
보상이야, 수해복구야, 처음 얼마 동안은 언론매체에 편승하
여 요란법석을 떨어쌌더니만 망각증상이 재발하여 시난고난
이었다. 탈곡을 할 것인가, 말 것인가. 생각 같아서는 갈아엎어
버리고 싶은데, 곡식 한 알을 생각하니 마음이 숙지근하였다.
누군가는 곡식 한 알이 우주라고 하였는데, 두고두고 그 말이
가슴 벅차게 다가왔다. 아닌 게 아니라 형편없는 쌀 수매가에
다 배춧값 폭락으로 인정사정없이 갈아엎는 모습을 보노라면
가슴 쓰라리고, 같은 농부로서 영 마음에 들지 않았다. 언제부
터 곡식이 돈의 단위로 매김되었는지, 하늘이 내려 준 양식을
돈으로 매김하는 현실이 서글펐다.

한 차례 차 소리가 들리고, 집을 나간 색시가 돌아왔다. 마
음고생을 해서인지 신색이 허약하였다. 서먹해 하는 모습이
보기에 안쓰러웠다.

"몸보신을 해야겠구만."

"집 나간 새악시가 신상이 편했겠어요. 더구나 입덧이 나서
제대로 끼니도 잇지 못했을 텐디."

"자네가 신경 좀 써 주어. 의지할 사람이 누가 있것는가."

하명 양반은 두실댁에게 이르고 먼산바라기를 하였다. 감나무가지 끝에 매달린 홍시가 눈에 들어왔다. 태풍으로 감잎이며, 풋감이며 모조리 떨어져 앙상한 뼈대만 남았는데, 더없이 애잔해 보였다.

"색시가 돌아오고부터 사람이 달라졌는가, 색시를 부르는 소리가 예전에 없이 다정다감하요. 저렇게 살라면서 소통 부재를 탓하며 술독에 빠져 지낼 건 뭐요. 또 모르제. 며칠이나 지속될는지⋯⋯."

하명 양반은 한편으로는 염려스럽다는 눈길로 바라보는 두실댁을 뒤로하고 사립문을 나섰다. 대나무 빗자루를 만들고 있는 조카와 마주쳤다.

"거, 낯선 차가 한 번씩 오던디, 자네를 위한 감시 차량인가?"

"아니요. 일주일에 한 번씩 다문화센터에서 교육을 받구만요."

"조카가 정신교육을 받는다는 건가?"

"집사람이 우리말과 글을 배워요."

"자네도 밤마다 머리 맞대고 저쪽 언어도 배우면서 복습을 시켜."

"그렇게 하는디, 답답한 때가 많으요. 언어장벽이 이렇게나 높은 줄 몰랐소."

"모든 것은 시간이 해결해 준께 행여 섭섭한 얼굴은 하지 말어."

하명 양반은 두실댁이 염려한 대로 또 언제 분란을 일으킬지 마음이 놓이지 않았다. 들녘을 둘러보고 나서 뒷짐 지고 한가한 걸음으로 집에 들어서니 두실댁이 전화통을 붙잡고 있다가 내려놓았다.

"농현댁이 전화를 했구만이라우."

"조카가 술 먹고 한바탕 소동을 일으킨 것을 귀동냥해 들은 모양이구만."

"조카가 비몽사몽 간에 전화질을 했것지라우. 장가까지 들여놓으니께 속을 뒤집으요."

"태풍이 지나갔다고 하지 그랬는가?"

"말이사 그랬지요. 며느리 입덧도 하고 그 점 저 점 고향 나들이하라니께 고개를 저웁디다. 산달이나 되면 내려올까 하더군요."

"나라도 그러겠네. 이 꼴 저 꼴 보지 않고 사는 게 신간 편하제."

하명 양반은 배추밭을 돌아보았다. 김장김치를 담그자면 정성이 필요하였다. 이제 막 뿌리를 내리고서 방싯거리는 배추가 세 살배기 손녀처럼 마음에 와 닿았다. 일 년 농사를 짓노라면 고달프고 때로는 토심스럽고 서글프기조차 한데, 방싯거리며 푸릇하게 자라는 새싹을 바라보노라면 정겹고 살가운 마음이 들었다. 식물의 일생이나 사람의 한평생이나 길고 짧음이 다를 뿐, 크게 다를 바 없었다. 아무리 열악한 환경일지라도 파릇하게 자라나 꽃을 피우고 열매를 맺고 나서 한 생을 마감하는 과정이 동물이나 식물이나 마찬가지였다. 병들고 허약한 시련도 인간사와 같았다.

어쨌거나, 정성을 기울이는 만큼 풍성하게 잘 자랄 것이다. 요즘 아이들을 보면 매번 농작물과 비교가 되었다. 저 옛날 온갖 좋다는 비료가 생산되지 않았을 때는 병충해로 허약함을 면치 못하였는데, 오늘날은 아무리 조악한 땅일지라도 기름지게 작물을 재배할 수 있었다. 아이들도 마찬가지였다. 너무 잘 먹고 자라나 비만증으로 고민하는 세태가 아닌가.

추수가 끝나고 보리갈이도 마친 들녘은 황량하고 쓸쓸한 바람이 들이쳤다. 겨울을 재촉하는 비가 싸락눈으로 변할 즈음, 김장도 담그고 마늘이 쫑긋쫑긋 움 솟았다. 한껏 늘어지게 늦잠을 자도 누가 뭐라 하지 않았다. 어찌 생각하면 농사만큼 한가한 여운을 주는 것도 없으리라. 시기가 되면 영농 기계화로 순식간에 농사를 해치우고, 겨울 한 철은 더없이 여유로웠다.

아직 이불 속에서 꼼지락거리고 있는데 갑자기 아래쪽에서 굉음이 울렸다. 이건 또 무슨 소리여? 하명 양반은 모둠으로 일어나 두릿한 눈으로 주위를 살폈다. 포크레인이 묵혀진 죽정밭을 파 뒤집고 있었다. 무슨 일을 벌이는 거여? 하명 양반은 묵정밭으로 내려갔다.

"뭘 할 건디 그러냐?"

"소 외양간을 지을라고요."

"소를 키울라고야?"

"몇 마리 키울라요. 겨울에 할 일도 없고요."

"잘 생각한 일이다만 걱정이 앞선다."

"걱정이랄 게 뭐가 있다요."

"현실이 그렇지 않느냐. 소 값은 엉망진창으로 떨어지고, 사료값은 하루가 다르게 천정부지로 오르고, 그 땜새 소가 굶어 죽어 나가는 판 아니냐. 생각할수록 한심한 시상이다. 아무리 소 값이 똥값이고 사료값을 감당하기 어렵기로서니 소가 굶어 죽어서야 쓰것냐."

"저야, 대여섯 마리 키울 것인디 설마 굶어 죽이기야 하것소."

"모르지야. 또 병통이 도져 석 달 열흘 비몽사몽 술독에 빠지기라도 하면 소들이 온전할라디야."

"그렇게 되면 아예 방목을 시킬 것인께 걱정 붙들어 매시오. 뒷산에 발 딛을 틈도 없이 우거지고 널브러진 게 소 쌀밥 아니요."

"소한테도 쌀밥이 있냐?"

"친환경적으로다 뿌리내린 자연이 내려 준 자생잡초야말로

소에게는 더없는 쌀밥이지요."

"허허, 무던히 그렇기도 하것다. 참말로 자유인다운 소리다."

하명 양반은 그 말에 웃을 수밖에 없었다.

진경산수 5

바다로 간

삽살개

십리 방조제. 저쪽 끝이 아슴하였다. 방조제를 따라 갈대숲
이 드넓게 펼쳐져 바람에 서걱였다. 봄을 알리는 전령사가 오
봉산 마루에 걸려 있는데도 갈대 서걱이는 소리는 귀기로운가
하면 애잔한 강 물결을 숭어비늘로 길어 올렸다. 그 너머에는
이제 막 봄기운을 안은 청보리가 꽃샘추위에 떨며 가없는 들
판을 파랗게 장식하였다. 바닷물은 썰물로, 느릿하게 갯벌을
드러내고 있었다. 광활한 바다만큼이나 갯벌 또한 웅숭깊은
속살을 드러냈다. 금방이라도 짱뚱어나 초라니게들이 갯벌을
뒤집어쓰고서 잠방거리지 싶었다.

실장어 새끼를 잡기 위해 쳐 놓은 통발그물은 썰물을 밀어
내는 갈기 사나운 꽃샘바람이 불어칠 때마다 앙상한 나뭇가
지처럼 울었다. 신선한 모양새로 새그물을 쳐 놓은 탓인지 바
람소리가 더욱 음산하고 쇳되게 귓청을 울렸다. 올 들어 유난
히 꽃샘추위가 맹위를 떨쳤다. 저 웃녘에는 연일 눈이 내려 교

통이 마비되었고, 크고 작은 피해로 사람들이 고통스러워하였다. 웃녘의 눈보라가 이곳까지 심심찮게 잔설로 흩날려 농작물이 냉해를 입지 않을까 염려되었다. 하여 바다는 아직도 동면에서 깨어나지 못하였다.

"춥지요?"

해산은 설송을 돌아보았다. 괜히 황량한 방조제를 걷자고 하였다. 한 점 후회와 안스러운 마음이 들었다. 중수문 중앙횟집에서 점심 겸 한잔 술을 들고 나섰을 때는 술기운이 상승하여 저쪽 갈대숲에 조성한 공원까지 걷자고 호기를 부렸다. 이 기분으로 갈대숲 공원에서 낭만을 즐기자고 하였을 때, 모두가 공감하면서도 해산의 제안에는 분명하게 반대의사를 내비쳤다.

"자칫, 감기에 걸려요."

모두를 대신한 호산의 말에 일행은 서둘러 차에 올랐다. 뒤처져 중앙횟집을 나온 설송이 그것도 좋겠다고, 언제 방조제를 걸어 보겠느냐고 흔쾌하게 동행하였다. 젊은 시절의 기분을 내비치며, 진간장과도 같은 추억이 묻어나지 않겠느냐는 것이었다. 차에 오른 일행은 그런 두 사람을 뒤로하고 휑하니 갈대숲 공원으로 내달았다.

"한겨울 등산한 셈 치죠. 기분이 상큼해요. 술도 깨고요. 낮술이어서 정신을 좀 차려야겠어요."

설송은 머플러를 두른 채 천연스러운 얼굴을 하였다. 과장하거나, 억지 춘향격으로 하는 말은 아니었다. 설송과는 오늘 처음 만났다. 다소 생소한 느낌으로 다가왔으나, 관심을 끈 것은 현재 하고 있는 일이었다. 명상의 집을 운영한다던가? 현란한 색채와 숨 가쁘게 내닫는 도심 속에서 명상이라니. 아니다. 어쩌면 그러기에 자신을 추스를 수 있고, 하루의 일상을 되돌아볼 수 있는 명상이 필요한 것인지도 모른다.

그런데 정작 해산의 관심은 다른 방향으로 전이되었다. 방조제를 걷는 동안 설송의 애틋하다면 애틋한 과거사가 마음을 붙들었던 것이다. 설송은 방금 전 중앙횟집에서 술잔을 나누면서 영혼과 육신을 온전히 함께하는 사랑을 찾아야겠다고 갈대숲이 일렁이듯 말하였다. 해산은 그 말의 깊이에서 설송이 고독의 화신처럼 다가왔고, 곡절이 많은 상처를 지니고 있구나, 가벼운 기분으로 들어 넘겼었다.

"조금 전 술잔 너머로 말하던 온전한 사랑 말이에요. 이 세상에 영혼과 육신이 온전히 하나가 되는 사랑은 흔치 않잖아요. 더구나 보기에 따뜻한 온기로 넘쳐나는 가정을 지니고 있지 않은가 싶은데요."

해산은 말문을 연 김에 아까부터 서걱이는 갈대숲처럼 울린 설송의 말을 허공에 띄웠다. 대화가 궁핍해서라기보다는 방조제를 걷는 동안 자극적인 요인을 찾아내고 싶어서였다.

"저는 가정이 없어요."

설송은 간단명료하게 말하였다. 머플러를 둘러서일까, 설송의 대답이 건조하게 들렸다.

"의외군요."

"온전한 사랑과 행복한 가정을 꿈꾸었는데 떨거지 신세로 내몰렸어요. 운명으로 받아들였지만."

설송은 내면의 상처를 망설임 없이 말하였다.

"그러니까, 언제나 충만감을 느끼지 못하였다는 건가요?"

해산은 우회적으로 호기심을 부풀렸다. 이미 가정을 가진 유부남을 사랑하지 않았을까…….

"충만감을 느끼지 못하였다기보다는 상처가 깊었어요. 그래서 온전한 사랑을 기다림으로 갈망한 거예요. 생각할수록 너무나 가슴이 아파요."

"일종의 보상심리 차원 아닌가요?"

"원망공간일 수 있어요."

"조금은 이해가 갑니다만……."

"결혼생활 십 년에서 놓여난 원망공간이 가슴에 똬리를 틀고 있어요."

설송은 과거 속으로 걸어들어 가며 잠시 걸음을 멈추었다. 갯벌은 아까보다 훨씬 광활하게 드러났다. 허리 구부정한 늙은 어부가 실장어 새끼를 잡기 위해 쳐 놓은 그물통발을 더듬어 나가고 있었다. 해산은 설송의 옆모습을 바라보며 자신의 예상이 엉뚱하게 빗나갔다고 생각하였다. 설송은 유부남을 사랑하지 않았다.

"……결혼생활에서 놓여났을 때, 저 갯벌처럼 제 가슴을 어떻게도 추스를 수 없었어요."

"남편과 사별하였습니까?"

"아니에요. 제가 포기하였어요. 만신창이가 된 몸으로 남편의 사랑을 받아들일 수가 없었어요."

"만신창이가 되다니요?"

"제 육신이 문제였어요. 새 생명을 잉태하지 못하였어요. 다섯 번의 유산이었죠. 씨알을 생성하지 못하는 자궁을 가진 거예요. 상상이 가세요?"

설송은 해산을 정면으로 바라보았다. 느닷없는 그녀의 눈빛에 해산은 순간 맵싸한 한기를 느꼈다. 쌀쌀맞게 파고드는 꽃샘추위 때문이 아니었다.

"여자로서 가장 치명적인 아픔입니다만……."

"여자의 슬픈 비극은 뭐니 뭐니 해도 여자의 의무와 권리를 스스로 포기해야 하는 불임이에요. 겪어보지 못한 사람은 막연한 동정심을 나타낼 뿐이에요. 절망감에 짓눌려 지내는 동안 이 비극적인 운명을 어떻게 짊어지게 되었나 싶어, 윗대로 거슬러 올라갔어요. 반드시 원인이 있을 거라고요. 소급해 올라간 만큼 원망공간이 쌓였고요. 부질없는 운명 내지 숙명이었어요. 그걸 깨닫고부터 명상에 잠겼어요."

"윗대로 거슬러 올라갈수록 무엇이 자리하고 있었어요?"

"저를 자세히 보세요. 피부 색깔 하며 약간은 다른 점이 보이지 않으세요?"

"글쎄요. 야외에서 명상을 하였거나, 요가를 하였음 직한 건강미가 넘쳐나는데요."

어째서 갑자기 얼굴빛을 강조하는 건가. 해산은 또 한 번 뜨막한 표정을 지었다.

"이건 타고난 건강미도, 야외에서 단련한 피부도 아니에요. 할머니로부터 물려받은 피부색이에요."

"그럼, 할머니께 감사해야겠어요."

"그래야 하는데 그렇지가 않아요. 저의 할아버지께서 대동아전쟁 때 일본군으로 마카오까지 강제로 끌려갔어요. 총알받이로요. 그곳에서 할머니를 만나 구사일생으로 숨어 지내다가 해방과 더불어 귀국하였어요. 할머니를 모시고요. 오늘날은 다문화시대로 변하였지만, 생각해 보세요. 피부색이 다른 할머니를. 아버지 대를 건너뛰고 저에게 문신처럼 오롯이 물려주었어요."

"어려서 그 때문에 냉대와 따돌림을 받았나요?"

해산은 국경을 초월한 다문화 가족을 이룬 농어촌의 실정을 떠올렸다. 요즘도 알게 모르게 사회적으로 차별을 받지 않는가.

"다른 형제들과는 별개의 피부색을 지녔으니 한마디로 미운 오리새끼였어요. 그 원망과 설움이 병적인 체질을 가져왔어요. 일곱 살 때부터 쉬엄쉬엄 앓기 시작하였어요. 건강상 이상징

후가 있어서가 아니었어요."

"충분히 이해가 갑니다."

해산은 설송의 과거 속으로 걸어 들어갈수록 마음이 아릿하였다. 주위로부터 사랑을 받을 수 없다는 것, 외로움을 켜켜로 둘러쓸 수밖에 없다는 것은 견디기 어려운 시련이었으리라.

"그런데 앓기 시작하면 비몽사몽 간에 할머니가 계속 제 얼굴을 쓰다듬는 거예요. 저는 할머니를 잘 모르거든요. 제가 태어나던 해에 돌아가셨으니까요. 할머니가 얼굴을 쓰다듬을 때마다 발작을 하거나, 몇 날을 열병처럼 앓았어요. 의사도, 명약도 소용없었어요. 그러자 주위에서는 신이 들렸다는 거예요."

"할머니께서 어째서 얼굴을 쓰다듬었을까요?"

"할머니의 피부를 물려받고 태어난 손녀가 마음 아팠을 거예요. 할아버지를 따라와 낯설고 물설은 이국땅에서 받았을 냉대와 설움을 생각하면 저 세상에서도 손녀의 앞날을 생각하였겠지요. 데리고 가고 싶은 심정이었는지도 모르죠."

"그럼, 어떻게 극복하였어요?"

"집에서는 신내림굿이라도 하라는 주위의 권고를 일고의 가치도 없다는 듯 내쳤어요."

"기독교 집안이었나요?"

"아니에요. 완고한 유교집안이었어요. 그렇게 열병처럼 발작 증세를 보이다가 나이가 들자 결혼을 서둘렀어요. 아이도 낳으면서 정상적인 가정생활을 하면 건강을 되찾을 거라는 기대감에서요. 허약한 체질이 결혼을 하면 건강해진다거나, 비만증에 가까운 여자가 아이를 낳으면 체중조절이 된다거나 하는 따위의 속설을 은근히 믿고 기대한 거죠."

"결론은 결혼과 동시에 유산의 아픔을 맛보았군요."

해산은 마음속으로 혀를 찼다. 부모의 강요. 그것은 견디기 어려운 시련이었을 것이다.

"남편은 저에게 잘해 주었어요. 남편의 품에 안기면 그렇게 평온할 수가 없었어요. 유산이 될 때마다 보양식이라든가, 보약 따위로 원기를 회복시켜 주었고, 드넓은 마음으로 위로를 아끼지 않았어요. 그럴수록 남편에 대해 미안하였어요. 자칫, 대가 끊기게 되었으니까요. 한 번도 아니고, 다섯 번이나 유산의 고통을 치렀으니까요."

"현대의학으로도 가능성이 없었던가 보지요?"

"그러게요. 결혼과 동시에 열병처럼 찾아온 발작 증세는 사라졌는데, 비몽사몽 간에 할머니가 나타나서 아랫배를 쓰다듬을 때마다 유산이 되었어요. 모르긴 몰라도 할머니 피부색을 닮은 생명을 원치 않았는가 봐요."

설송은 느슨해진 머플러를 다시금 고쳐 맸다. 저만큼 갈대숲 공원이 다가왔다. 먼저 앞질러 간 차가 주차장에 덩실하게 서 있었다.

"영혼과 육신이 온전히 하나가 된 남편과 사랑하면서 유산의 고통과 죄의식이 덜지는 않았던가요?"

"그렇지가 않았어요. 정작 생산을 할 수 없게 되면 문제가 달라요. 더욱이 마지막 유산 때 시어머니께서 용한 점쟁이를 찾아갔는데, 다짜고짜 남편과 별리의 아픔밖에 다른 길이 없다고 하더래요. 할머니가 들려 생명을 원치 않는다고요. 할머니의 넋이 또 태어날까 두려워 싹을 지운다는 거였어요. 청정한 신의 딸로 살기를 바란다는 거예요. 저는 할머니의 그 마음을 헤아렸어요. 얼마나 가슴 깊이 원망공간이 사무쳤으면 그랬겠어요."

"그래서 유산의 아픔을 안고 남편과 눈물로 헤어졌군요."

"시가집에서는 그렇게 가름하였어요. 남편은 그 길로 원양어선을 타고 한바다로 나갔고요. 그리고 남편은 돌아오지 않았어요."

"돌아오지 않다니요?"

"배를 타고 나간 뒤로 한 번도 귀항하지 않았다는 거예요. 한동안 방황하던 시절이었는지라 제 쪽에서 소식을 원치 않았는지도 모르고요. 그렇다고 신의 딸이 되기는 싫었어요. 정처없이 방황하다 다다른 곳이 명상이었어요. 명상의 집은 그렇게 생겨났어요."

"어찌 생각하면 운명의 굴레를 쓰고 태어난 파란만장한 여정이었군요. 그런데 말이지요. 명상요법을 체달하였다면 영혼과 육신을 온전히 합일할 수 있는 사랑은 과거 속으로 묻어

버릴 수도 있잖아요. 명상의 경지는 모든 굴레나 속박에서 벗어난 경계가 아닙니까."

"명상 가운데 으뜸인 요가를 하면서 탄트라의 세계에 이르게 되었어요."

"소녀경과 더불어 동양의 성전(性典) 말인가요?"

"그 속에는 창조적 우주관이 생성되고 신체적 한계를 극복할 수 있어요. 더불어 긍정적인 무한한 힘의 본질을 지니고 있어요. 존재의 근원을 깨닫게 하고요. 다시 말해 영혼과 육신의 합일, 그 하나됨은 하늘의 기운과 땅의 훈김이 습합하여 일체가 된다는 것인데, 남편과의 별리는 존재의 근원에서 멀어지는 결과를 초래하였어요."

"그래서 할머니에 대한 원망공간이 더 확산되었고요?"

해산은 거기에 이르러 설송의 다소 복잡한 내면을 엿보았다. 그렇다면 굳이 바다로 나간 남편의 존재를 가슴에 안고 힘겨워할 것은 무언가. 얼마든지 그에 버금할 대상이 있지 않겠는가. 우주공간의 별도 생명을 다하면 새로운 별이 생겨나고, 그렇게 생겨난 새로운 별은 수소를 헬륨으로 융합시키고, 거기에서 발생한 에너지를 이용해 별을 운동시키지 않는가. 아니다. 설송만이 지니고 있는 원형이 있는지도 모른다.

"인간도 나무와 다를 바 없어요. 뿌리가 내리면 가지가 뻗어나고 꽃이 피듯이, 인간 또한 그와 같은 생명력을 지니고 있어요. 건강하지 못하면 꽃을 피울 수 없어요. 그렇다고 생뚱하게 다른 대상을 찾아 나설 수도 없고요."

"자신을 다 비우고 순일한 경계로 나아가는 명상이 자신의 존재를 더 확연히 붙들어 주지 않을까요? 세상은 없는 게 없지만 뒤돌아보면 공(空)이라고 하였어요. 공이란 가없는 하늘이요, 빛이 아니겠어요?"

"그 점도 절감해요. 좀 더 창조적인 세계로 나아가야겠어요."

설송은 자신의 현재 위치를 재단하며 황량하게 널려진 갯벌을 뒤로하였다. 갈대숲 공원에 이른 것이다. 갯벌은 꽃샘추위에 벌거숭이로 버려져 있을지라도 말없이 생명을 키우고, 세계를 정화시킬 것이다. 세상의 온갖 악취와 오물을 묵묵히 받아 안으며 정화시키지 않는가.

갈대숲 공원의 무지개다리는 아름다운 숨결을 지니고 있었다. 꽃샘추위에 가만가만 떨면서도 발아래 내려다보이는 담수는 맑기만 하여 조용한 가운데 잉어, 붕어, 메기가 무리지어 놀고 있었다. 고요가 떠도는 한가한 물 깊이와는 달리 갈대숲은 온몸으로 추위를 받아들이고 있었다. 한 무더기 바람만 불어도 졸급해하는 참새 떼처럼 바람보다 먼저 자지러지고 바람보다 먼저 일어났다. 설송은 감탄사를 쏟아 냈다. 아마도 겨울로 접어드는 길목쯤에 왔더라면 더 감탄스러웠을 것이다. 갈대꽃이 눈보라처럼 꽃비를 흩트리는 광경은 무아의 경지, 바로 그

것이었다. 무지개다리를 지나 일행들이 자리잡고 있는 벤치에 이르렀다. 그들은 추위에서 놓여날 계산속으로 술잔을 들며 갈대숲에 흠뻑 젖어 있었다.

"두 사람이 그렇게 걸어오니 그림이 그려집니다."

심우는 자리를 내주며 해산에게 술잔을 건넸다. 갑자기 지금까지 설송과 나누었던 대화가 물밑으로 가라앉았다. 그들은 무슨 대화를 주고받았을까? 그들도 두 사람을 기다리며 나누었던 대화들이 갈대꽃처럼 바람에 산화한 듯싶었다.

그때였다. 어디서 삽살개 한 마리가 나타났다. 무방비 상태에서 객쩍은 삽살개가 나타나자 어떻게 개를 다루어야 할지 난감한 공기가 떠돌았다. 설송이 삽살개가 지나가게끔 조심스럽게 자리를 비켜주었다. 삽살개는 그들을 지나가지 않고 꼬리를 살래살래 흔들며 설송 곁으로 다가갔다.

"분명 똥개는 아닌데 왜 저러죠?"

유수가 신기한 눈으로 바라보았다. 그러자 삽살개는 한술 더 떠서 설송의 무릎 앞에 다소곳하게 앉았다.

"허허, 점점……."

삽살개는 일행의 시선 따위는 아랑곳하지 않고 설송을 올려다보았다. 그 눈빛이 무언가 모를 간절함을 안고 있었다.

"술을 한 잔 줘 봐요."

호산은 약간 장난기가 발동하였다. 설송은 일행의 시선에 이끌려 반쯤 비운 술잔을 삽살개에게 주었다. 그러자 삽살개는 꼬리를 흔들었다. 삽살개는 조금도 사양하지 않고 술잔을 비웠다.

"개가 술을 마시다니. 아무래도 전생에 호걸 찬 풍류남아였는가 봐요."

해산은 술을 한 잔 더 따랐다. 삽살개는 해산이 주는 술을 눈 흘김으로 거절하였다.

"아무래도 설송이 줘야 받아 마실 모양이오."

해산은 설송에게 술잔을 안겼다. 그러자 삽살개는 반색을 하며 설송이 건네는 술잔을 게 눈 감추듯 비웠다. 예상하지 못하였던 흥미로운 광경이었다. 이번에는 차례로 술잔에 술을 가득 채워 설송의 손에 안겼다. 삽살개는 설송이 건네는 술잔을 사양하지 않았다.

"뭐, 집히는 게 없으세요? 전생에 인연이 있지 싶어요."

심우는 예사로운 일이 아니라는 얼굴이었다.

"그러게요. 저와 전생에 무슨 인연이었을까요?"

설송은 처음과는 달리 심각한 표정을 지었다. 아무리 생각해도 모를 일이었다. 더욱 가관인 것은 한 잔 술에 취한 때문인지 설송의 무릎을 베고 잠이 든 것이다. 마치 햇살 따스한 고향의 양지바른 곳에라도 온 듯한 천연스러움이었다. 오랜 방황 끝에 고향집 주인을 찾아온 그런 평화스러운 전경이 아니냐. 설송은 자상하게 쓰다듬어 주었다. 일행은 그 모습을 말없이 바라보며 술을 들었다.

"해산께서는 어떻게 생각하세요?"

심우의 그 말은 설송과 삽살개의 인연을 어떻게 생각하느냐는 뜻이었다. 해산은 순간 설송의 다섯 번의 유산을 떠올렸다. 하지만 유산의 아픔이 모래알처럼 세월의 빗김 속에 씻기고 떠밀리어 삽살개의 화신으로 다가오지는 않았을 것이다.

"이심전심의 동력이 작용한 게 아닐까요?"

"그렇더라도 동기가 있을 게 아니오. 갑자기 바람에 불려 온 홀씨처럼 나타나 무릎을 베고 눕다니요."

"바람에 불려 온 홀씨가 꼭 정해진 장소가 있습니까. 머무는 곳에서 뿌리를 내리고 꽃을 피우지."

"그건 그래요. 연인과의 만남, 부부지정, 벗과의 친교, 심지어는 부모와의 관계도 전혀 예상하지 못한 인연과의 무엇 아닌가요?"

"심우는 어떤 연관성을 떠올렸어요?"

"저도 처음에는 해산과 같은 상념을 가졌었는데, 그것도 아니지 싶고……. 뭐랄까, 연극무대 위에서 탈을 쓴 형상이 아닐까요?"

"탈을 쓴 개라고요?"

유수가 그건 엉뚱하고 황당한 비약이 아니냐는 시선으로 웃음을 베어 물었다.

"개의 탈을 쓴 영혼이요. 여기 갈대숲 공원은 무대고, 우리들은 관람객이랄 수 있고요. 개의 탈을 쓰고서 무언극을 연출

114

하지 싶어요."

"듣고 보니 전혀 엉뚱한 발상은 아닌 듯해요. 개의 탈을 쓴 영혼이 무언의 대화를 하는데도 이해를 못하는 우리들이 청맹과니인 줄도 모르지요."

"그럼, 무언의 대화를 상상력을 부풀려 해독해야겠어요."

"아니지요. 제삼자인 우리들보다 장본인이 해석하고 받아들일 성질이지요. 무릎을 베고 잠든 숨결에서 영혼의 소리가 울리지 않는가요?"

"글쎄요. 무언가 모를 일체감이 전해져요."

설송은 따스한 손길로 행여나 삽살개를 깨울세라 조심스레 머리를 쓰다듬었다. 그 모습이 정겹게 다가왔다.

"뭘 그리 심각하게 받아들이세요. 개는 개고, 사람은 사람일 뿐이에요. 남들보다 진하게 지니고 있는 설송의 원초적인 방향(芳香)을 맡은 게 아닐까요? 개는 후각이 발달되지 않았어요. 더구나 수놈 아니오."

호산은 원초적인 성적 향수를 끌어왔다. 설송은 얼굴을 붉혔다. 이 나이에 성적 향수를 진하게 풍길 수 있다니……. 아직도 젊음을 지니고 있다는 건가?

"그보다는 개도 불성(佛性)이 있다고 하였잖아요."

유수는 같은 여자로서 너무 선정적인 기류로 내몰지 않느냐는 얼굴로 반문하였다.

"원초적인 향수나, 불성이나, 인연과나, 상상적 유추 아니겠어요. 한잔 술에 취해 무릎을 베고 평화롭게 잠들어 있는 삽살개의 모습은 정말이지 선경(仙境)이 아닐 수 없어요. 근심 걱정 다 버리고 포근한 누님의 무릎을 베고 눕던 어린 시절이 떠올라요."

해산은 어린 날 손위 누님을 떠올렸다. 장독대에서 수줍게 꽃피우는 봉숭아꽃을 따서 손톱에 물들이던 누님의 무릎을 베고 있을라치면 햇살 들이치는 토방마루가 그렇게도 따뜻하고 포근할 수 없었다. 살며시 눈을 감고 먼먼 동화의 나라에 가 있노라면 처마 끝에 매달린 제비집에서 이제 막 알에서 깨어난 제비새끼의 울음소리 하며, 꿀벌들이 꽃을 찾는 날갯짓 소리가 자장가로 가슴을 어루었다.

"한 가지 분명한 것은 이 녀석이 무릎을 베고 누웠을 때, 강렬한 충동이 일어났어요. 남편과 헤어지면서 마지막으로 나누었던 사랑의 열정이 파도말처럼 부딪쳐 온 거예요. 남편과 헤어지고 나서 처음으로 느껴 본 감정의 파고였어요."

설송은 잠시 뜸을 들이다가 마치 고백이라도 하듯 말하였다.

"원초적인 향수가 그런 감정을 불러일으키게 하지 않았을까요? 원망공간의 잠재의식에서 오는 현상일 수도 있고요."

"그럼, 바다로 나가 돌아오지 못한 전남편의 전령사라도 된다는 거예요?"

유수는 어처구니없다는 얼굴을 하였다.

"비약은 금물이지만 마음에 따라서는 전이가 될 법도 하지요. 안구나, 장기이식 같은 동류 현상과도 같은……."

"전혀 생각지도 못한 타인의 눈과 장기를 빌어 재생되듯이 말이지요?"

심우는 비약의 발상이 점점 재미있다는 듯 추임새를 놓았다. 설송은 엉뚱하다 싶게 비약하는 대화가 귀에 들리지 않는 얼굴로 삽살개의 털을 골랐다. 공감대. 그 따스한 기류는 어디서 흐르는 걸까. 마음의 상승작용인가, 아니면 바람 저편에서 들려오는 타자의 부름에서인가.

"아무튼, 이 녀석은 특별한 감정을 지니고 있어요. 한잔 술로 취한 것부터가 그렇고……."

호산이 발로 툭 차듯 내뱉자, 삽살개가 무어라 끄응거리며 하품을 깨물더니 다시금 잠이 들었다. 그 사이 꿈을 꾼 것인지, 호산의 말이 잠결에 영 마뜩찮다는 것인지, 다소 불만스러운 몸짓이었다. 해산은 그 모습을 바라보며 사람이나 짐승이나 좋고 싫음의 감정은 한 가지가 아닐까, 한 점 공감대를 느꼈다. 그것은 개에 대한 신뢰감으로, 설송과 삽살개의 감정의 일체감을 떨쳐버릴 수 없었다.

"그런데 말이지요. 정말 혼령이 있을까요? 신들린 무녀를 대하면 섬뜩한 전율을 느끼잖아요."

"그건 아는 자만이 느껴볼 수 있고, 보이는 자만이 대화를 할 수 있어요."

새롭게 불씨를 일구듯 말을 꺼내는 심우의 의문에 유수는 지극히 느린 어조로 말하였다. 유수는 한잔 술이 들어가면 곧잘 그분이 온다고 하였다. 그분의 실체는 무엇인지 모르겠으나, 평소 보지 못하였던 날카로운 예지와 신통력을 발휘하였다.

"무릎을 베고 잠든 개로 인해 점입가경으로 엮어지는 심각한 이야기는 접어두고 밝고 환한 대화를 나눕시다. 이 꽃샘추위가 물러가면 화사한 봄 향기로 가득할 겁니다. 갈대숲 너머 들판에는 청보리가 벌써 봄빛을 내비치잖아요."

호산은 어린 시절 보리밭 사이를 자전거로 내달린 추억을 물큰 깨물었다. 배고픈 춘궁기에 청보리는 보기만 해도 한없는 풍요로움을 안겨 주었다.

"매화와 개나리도 꽃망울을 터뜨렸던데요."

대화는 어느 틈에 봄 향기를 실어 왔다. 어떠한 경우라도 계절은 변함없을 터였다.

"저기 봐요. 새쑥을 캐요."

유수가 가리키는 곳을 바라보니 수건을 깊숙이 눌러쓴 아낙네 둘이 조금 전 해산과 설송이 걸어왔던 방조제 위에서 쑥을 캐고 있었다. 그래, 새쑥을 밟아 왔었지. 해산은 신발을 내려다보았다. 구두코에 새쑥 향기가 묻어 있음 직하였다. 해산은 설송에게 술잔을 건넸다. 그녀의 무릎을 베고 잠들어 있던 삽살개가 부스스 몸을 떨치고 일어났다. 기지개를 한 번 켜더니 목이라도 마르는지 비치적 걸음으로 다리난간으로 나갔다. 물 한 모금을 혀로 음미하는가 싶더니 앞발을 모아 그대로 물에 뛰어들었다. 숙취를 다스리기에는 물 한 모금으로 부족한 듯싶었다. 가장 놀란 것은 설송이었다.

"어머나! 왜, 저러나. 어서 건져 올리세요!"

설송은 얼굴빛까지 변하며 모둠으로 일어나 구원을 요청하였다. 그 사이 삽살개는 시원스럽게 물장구를 치고 나서 다리난간으로 올라오려고 하였다. 마루턱이 높아 오르기에 벅찼다. 호산이 잽싸게 낚아채듯 끌어 올렸다. 삽살개는 한 차례 몸을 떨었다. 물방울이 사방으로 튀었다. 설송은 어미닭이 병아리를 품 안듯 삽살개를 가슴에 안고서 머플러로 물기를 닦아 주었다. 그 정성스러움이 자애롭기 그지없었다. 숙연한 분위기마저 풍겼다.

"허허, 그 녀석. 분명 자살을 시도하지 않았을 덴데……. 자칫, 초상을 칠 뻔하였어요."

"또 모르죠. 찰나의 행복감을 영원히 간직하고 싶어서 자살을 꿈꾸었을지. 안 그런가요?"

심우의 농담 섞인 말에 유수는 자못 진지한 얼굴을 하였다.

"설마, 개 따위가 자살을 꿈꾸었을라구요. 술김에 몸을 제대로 가누지 못하고 난간 밖으로 나간 게지요. 실족이지요."

"그건 알 수 없죠. 어떻게 개의 마음을 헤아릴 수 있어요. 개에게도 불성이 있다고 하였잖아요."

"그렇다면 우리가 생명을 구해준 은인인가, 아니면 자살을 방해한 달갑잖은 무리인가. 말 못하는 개에게 물어볼 수가 없구려."

해산은 다시금 삽살개에게 술잔을 건넸다. 삽살개는 머리를 흔들더니 홀연히 자리를 떠났다. 지금까지의 어울림 따위는 까맣게 잊었다는 듯 설송의 존재마저 저버리고 총총히 사라졌다. 일행도 곧바로 삽살개의 존재를 잊었다. 자질한 잡담을 주고받으며 남은 술잔을 비웠다. 유수가 에취, 추워! 몸을 움츠리는 것을 신호로 모두 자리에서 일어났다. 햇살이 멀어지자 꽃샘추위가 옷깃을 파고들었다. 갈대숲 공원을 나온 일행은 서둘러 차에 올랐다.

"잠깐만요. 쑥 캐는 여인네들 곁에서 바닷바람을 마셔야겠어요. 그래야 가슴에 술기운도 정화되고요."

설송은 차를 타려다 말고 방조제 위로 올라갔다. 방조제 위로 올라간 설송은 바다를 향하여 두 팔을 벌렸다.

"아, 시원타!"

그와 동시에 갯벌로 드러난 방조제 아래로 사라졌다.

"갯벌은 위험한데요."

유수가 염려스러운 얼굴로 차에서 내렸다. 술에 젖은 몸이 아닌가.

"급한 볼일이라도 보겠지요."

심우는 느긋한 표정을 지었다. 그 사이 유수는 방조제 위로 올라갔다.

"빨리 와 보세요. 큰일 났어요."

일행은 그 소리에 놀라 방조제 위로 내달았다. 설송은 다리를 걷어붙이고 징경징경 바다로 나가고 있었다. 저 멀리 밀물이 들어오고 있었다.

"낙지라도 잡자는 건가?"

"아니에요. 저걸 보세요. 설송 앞에 개 발자국이 선명하게 찍혀 있어요."

정말이었다. 설송은 개 발자국을 따라가고 있었다.

"어디에도 삽살개가 보이지 않잖아요."

해산은 순간 등줄기를 타고 내리는 저릿한 전율을 느꼈다.

"어디로 갔을까요? 분명 개 발자국인데요."

심우 또한 한 가닥 의문을 머금으며 심각한 표정을 지었다. 호산은 설송을 소리쳐 불렀다. 설송은 그 소리를 귓결로 흘려들으며 계속 개 발자국을 따라갔다.

"어쩌지요? 저렇게 나가다가는 돌아오기가 어려울 텐데요."

유수는 불안의 그림자를 휘어잡았다.

"어쩌기야 하겠어요. 우리 모두가 환영을 보고 있는지도 모르겠어요."

해산은 만일을 생각하여 갯벌로 뛰어들었다. 설송의 발자국을 부지런히 밟아나갔다. 찰지디 찰진 갯벌은 앞으로 나아갈수록 발목을 붙잡았다. 이렇게 힘들 줄이야. 해산은 등허리에 진땀이 배어났다. 겨우 설송을 따라잡았을 때는 바닷물과 갯벌의 경계지점이었다. 밀물이 종아리를 애무하였다.

"개가 없어졌어요. 바다 멀리로 사라졌어요!"

설송은 망연히 넋을 잃은 모습으로 삽살개가 사라진 지점을 바라보다 말고 갯벌에 주저앉았다.

"밀물이 들어와요. 일어나 돌아갑시다."

해산은 설송을 일으켜 세웠다. 그 순간 설송은 느닷없이 목놓아 울음을 터뜨렸다. 해산은 대책 없이 당황하였다.

진경산수
6

무넘이재

"저, 청승 좀 보게."

"누가 아닌가. 허구헌날 실꾸리 되감듯 하는 저놈의 노랫소리도 신물이 날 만도 한디."

오일장을 보러 온 노인네들이 포장마차에서 대낮부터 술잔을 나누며 혀를 찼다. 골망골망한 노인네들만 사는 곳이라지만 그래도 역사가 말해주는 오일장인지라, 제법 붐비는 가운데 타이탄 트럭 위에 벌려 놓은 만물상을 지키고 있는 명수의 모습은 보기에도 딱하였다. 장사는 둘째치고서라도 장사치답게 붙임성 있으면 얼마나 좋을까. 하긴, 처음부터 저런 형상은 아니었다. 아주 의욕적이고 삭삭하였다.

"멀쩡하던 사람이 영 맛이 갔어."

"저 웃마실 태박이네 며느리처럼 물건이 작다고 집 나간 것은 아니여?"

"그런지도 모르겠네. 태박이네 며느리, 서방놈 물건 작다고 보채는 바람에 병원에 가서 양껏 키웠는데도 끝내 도망가지 않았는가. 애 머리통만큼 컸더라면 직성이 풀렸을까?"

"그건 변명에 지나지 않았다던디. 부산에 어엿한 애인이 있었다는구먼."

"명수 각시는 근본적으로 달라. 저렇게 되기까지는 즈그 엄씨 책임이 커."

"암만. 요즘 어떤 시상인가. 늙을수록 자기 분수를 알고 똥오줌을 가려야제. 주책머리 없게시리 케케묵은 옛날 옛적 시어머니 행세를 하려고 들다니. 아주 몰상식하게 며느리를 구박하고 다잡았다는구만."

"보기에도 딱하네. 내가 뭘 좀 사줘야겠어."

하명 양반은 술잔을 옆 친구에게 안기고 자리에서 일어났다. 낮술이어서 그런지 다리가 휘청하였다. 젊었을 적에는 그깟 술 몇 잔쯤은 간에 기별도 가지 않았는데, 휘움하게 나이가 들어갈수록 체력의 한계를 실감하였다.

"이 사람아, 아무리 파장이라지만 장사는 뒷전이고 무슨 청승으로 넋을 놓고 있는 게야?"

하명 양반은 한 무더기 바람이 들이치듯 명수의 의식을 일깨웠다.

"아, 예. 장에 오셨는가라우."

명수는 파삭 메마른 얼굴로 인사를 하였다. 몰골이 말이 아니었다. 걸쳐 입은 옷마저 꾀죄죄하여 불현듯 아침마다 먹이

구걸을 하러 오는 들고양이를 떠올리게 하였다. 작년부터인가, 들고양이 한 마리가 아궁이 잿불 속에서 뒹굴다 온 형상으로 배고픔을 이기지 못해 기신기신 찾아왔다. 그 모습이 불쌍하고 가엾어 먹다 남은 생선토막을 건네주었는데, 이제는 아예 맡겨 놓은 듯 제 시간에 찾아와 한없이 도사리고 앉아 먹이를 기다렸다.

"이 녀석아, 몸이나 좀 씻고 오너라."

매번 생선토막을 건네주면서 한마디 하였다. 또 가관인 것은 말귀를 알아듣기라도 한 듯 생선토막을 다 먹고 나서 볕바른 곳에 나앉아 제딴에는 침을 발라가며 얼굴이며 다리를 정성스럽게 치장하였다. 헌데도 별수 없었다. 그 몰골에 그 깜냥이었다.

"그리고 그 노래 좀 그만 틀어. 시장상인뿐만 아니라 장꾼들마저 듣기가 민망혀. 현재 위치를 청승맞게 왜장칠 필요가 있는가."

"답답한 가슴을 쪼깐 이해하시고 양해해 주시게라우. 뭘 드릴까요?"

명수는 손님맞이도 귀찮다는 얼굴이었다.

"효자손 한 개 주어."

"어르신께서 효자손이 필요한가요?"

명수는 효자손을 찾아 주면서 건성으로 한마디 하였다.

"나라고 효자손이 필요하지 않겠나."

"그게 아니고, 내외분이 살갑게 지내지 않는감요. 등허리가 가려울 때는 효자손보다 까칠한 손일망정 마나님의 손길이……."

"아무리 다정다감한 마누라도 항상 곁에 있을 수는 없지 않는가. 무엇보다 손쉬운 게 효자손이야. 만만하기도 하고."

"딴은 그렇겠습니다요."

명수는 하명 양반이 건네는 돈을 겸손하게 받으며 거스름돈을 내주었다.

"자네, 아직도 마누라 소식을 모르는가?"

하명 양반은 돌아서다 말고 명수의 궁상스러운 속내를 헤집었다.

"소식을 알면 지가 이러고 있겠습니까."

"거, 참. 단단히 숨어 버렸구만. 그렇게 일구월심 기다리면 제 발로 나타날까 모르겠네만."

하명 양반은 더는 묻지 못하고 포장마차로 돌아왔다.

"효자손을 산 걸 보니 자네 마누라도 한물간 것 같으이."

조금 전 술잔을 받았던 친구가 술잔을 건네며 고소금으로 한 방망이 들이댔다.

"한물갔는지, 두 물 갔는지, 잘 모르겠네만, 어쩌다 등을 내밀라치면 긁는 게 아니라 간지럼을 태운단 말이여."

"허헛, 아직도 정분이 깨소금이구랴. 늙을수록 부부지정이 돈독해야 혀. 백년해로를 그저 귀동냥으로 듣는 게 아니여."

"자네 마음 이해하네. 마누라 일찍 저세상으로 보내고 홀아비로 살자니 구석구석 궁기가 흐르겠제."

"그래도 저 친구는 아들 하나 보자고 죽자고 방아를 찧어 댄 덕분에 줄줄이 딸을 낳았잖았는가. 그때는 조상에게 면목 없고 토심스럽기만 하였는디, 지금은 정반대 아닌가. 딸들 효심으로 한량처럼 지내지 않는감. 그걸 보면 시절이 많이도 변했어."

"헌디, 명수 저놈아 마누라는 영 나타나지 않을 모양이제?"

"그래서 저렇게 마냥 기다리고 있지 않는가. "

"기다린다고 돌아올 것 같은가. 날아간 파랑새지. 시어미가 눈 시퍼렇게 뜨고 있는 한 돌아오지 않을 거여."

"어쨌거나 보기에 딱하네. 시절이 뒤바뀌어 열녀 대신 열부가 나올 모양이네. 새 장가를 들면 몰라도……."

노인네들은 명수가 틀어놓은 음악소리를 심드렁하게 들어 넘기며 술잔을 나누었다. 어느덧 오일장은 파장이었다. 젊은 이들이 썰물처럼 빠져나간 시골 실정은 오일장이라 해도 별수 없었다.

명수는 오늘도 텅 빈 장터거리에 홀로 남아 해를 죽였다. 행여나 집 나간 마누라가 돌아올지도 모른다는 기대감에서였다. 배꾸레가 허접하였으나 별로 입맛이 당기지 않아 점심을 곱다시 떠 넘겼다. 아침에 집을 나설 때도 입안이 까칠하여 어머니의 눈흘김을 뒷전으로 물리고 집을 나섰다.

"묵어야 각시도 찾고 이 에미 애간장도 삭여. 그 몰골을 보면 죽었다 살아온 마누라도 정나미가 떨어지겠다."

어머니는 아들의 행동거지가 못마땅하다는 듯 뒤통수에다 대고 눈총을 놓았다. 주위에서는 며느리 집 나간 것을 시어머니 때문이라고 수군대는 게 영 못마땅하였다. 지년이 조신하게 잘하면 누가 지청구하며 똥개 잡듯 다잡았겠는가. 지년 행실 여일하라고 시에미가 잔소리 좀 하였기로서니 짚마름 뒤틀리듯이 집을 나가다니. 더욱 얄미운 것은 주위의 입방아였었다. 요즘 시상에 시어머니 행패를 곱다시 견디어 낼 사람이 누가 있겠는가, 서방이고 나발이고 때려치우고 이참에 본때를 보여야 한다고? 쇠씹이제. 그런다고 눈 하나 깜짝할 줄 알고. 그런데도 저 못난 아들은 궁상맞은 우거지상을 짊어지고 지집년을 마냥 기달려? 내 아들이지만 꼴갑이었다.

명수는 어머니의 종주먹다짐을 망각한 채 살풋이 눈을 감았다. 몇 날 뜬눈으로 밤을 지새우다시피 하였더니 잠이랄 놈이 구렁이처럼 감겨든 것이다.

"워따, 저녀러 노랫소리 좀 끄고 낮잠을 자든지, 마누라를 기다리든지 하지."

장모님 식당 주인이 마을회관으로 들어서며 비둘기랄 놈이 묽은 똥을 내갈기듯 된통 눈을 흘겼다. 마을회관에서 울려나오는 경쾌한 사교음악과는 사뭇 대조적이어서 귀에 거슬리는 정도가 아니었다.

어둑신 땅거미가 찾아들 무렵 명수는 늘어지게 하품을 매달고서 차 시동을 걸었다. 내일은 이웃 읍내 장날인지라 그곳으로 자리를 옮겨 가기로 하였다. 집에 들어가 봤자 어머니의 잔소리가 짐스러울 것이었다.

"저녀러 인사 이제야 자리를 뜨는구랴."

"저렇게 늘푼수 없게시리 따라지 신세가 된 것은 자네들도 한몫한 거여."

"누가 저 몰골로 나앉을 줄 생각이나 했소. 시어머니 정신 좀 차리라고 작당을 한 것이제. 하여간 저 청승을 봐서는 마누라가 제 발로 걸어 들어와야겠는디, 시어머니 상판을 보면 아직도 정나미가 떨어지고……."

떡방앗간에 모여 앉은 아낙네들은 심심풀이 땅콩 주워 먹듯 입방아를 찧었다. 그렇지 않아도 화제거리가 궁색한 시골인지라 장날이면 명수의 궁상맞은 몰골이 단연 도마 위에 올려놓은 생선처럼 난도질당하였다. 더구나 손찌검을 예사로 하는 시어머니의 행패를 보다 못해 마을회관에 며칠 숨겨준 것이 도리어 화근이 되어 사건이 커졌다.

명수는 서산에 기우는 해를 바라보고 무넘이재를 넘었다. 계곡물소리가 가슴속을 시원스레 어루었다. 자신도 모르게 가슴을 모두며 음악소리를 죽였다. 인간이 숨 쉬는 공간과의 경계. 하늘을 이고 서 있는 편백나무 향기가 계곡물소리에 젖어

지척인데도 인간세계와는 멀리 여읜 듯하였다.

　명수는 이 길을 들어설 때마다 남다른 감회가 차올랐다. 그
래서 반듯한 국도를 마다하고 이 길로 왕래하였다. 계곡 물소
리, 편백나무 향기는 말할 것도 없고, 철따라 피어나는 진달래,
철쭉, 산복숭아, 꾸지뽕, 오동나무, 구절초, 산국화에 이르기까
지 그전에는 무심하게 지나쳤는데, 그녀를 만나고부터 하나하
나가 무서리로 가슴에 맺혀났다.

　명수는 그녀를 무넘이재에서 만났다. 그날사말고 비가 내
린 뒤끝이라 공기 맑고 하늘 푸르렀다. 무담시 전에 없던 애
수 같은 게 물큰하게 차올라 호젓한 산길을 가고 싶었다. 지
금 생각하면 무슨 자석에라도 이끌려 그 같은 마음이 들었는
지 몰랐다.

　시골 오일장을 순례하듯 돌아다니면서도 계절의 변화라든
가, 산천경개에 무심한 편이었다. 그저 덧없이 세월이 흘러가
는구나, 봄이 되니 꽃이 피고 여름이 돌아오니 녹음방초 우거
지고 가을이 되니 낙엽지고 겨울이 돌아오니 눈송이가 하늘
거리는구나, 맨숭한 기분으로 받아들였다. 홀어머니를 모시고
노총각으로 나이가 들수록 세상사가 심드렁하였다. 어째 너
는 장가 갈 생각을 하지 않느냐? 그보다 못한 곰배팔이도 짝
을 지어 가정을 이루는디. 어머니는 눈만 뜨면 며느리 타령이
었다.

　어머니뿐만 아니었다. 주위에서도 푸닥거리하듯 장가들라

고 성화를 하는데 인연이 닿지 않았다. 그렇다고 가슴에 지니고 있는 상처로운 사랑도 없었다. 시골 노총각들이 선호하는 동남아로 눈을 돌려 다문화가정이라도 꾸려 홀어머니를 봉양하고 싶었지만 어머니의 성질머리를 생각하면 그게 또 만만찮을 것 같았다. 무엇보다 말이 통하지 않아 매사 갈등을 불러일으키지 싶었다. 다문화가정을 볼작시면 오히려 그쪽 처녀들이 더 헌신적이고 가정적이었다. 그런데도 어머니를 의식하면 선뜻 용기가 나지 않았다. 이래저래 세월의 무게가 어깨를 짓눌렀다.

명수가 군에 입대하던 해, 아버지가 지병으로 돌아가실 때만 해도 어머니를 크게 의식하지 않았다. 그런데 제대를 하고 집에 돌아와 보니 집안이 말이 아니었다. 아버지의 병간호로 시달릴 대로 시달린 어머니는 폭삭 늙어 탈진한 상태였다. 세상을 바라보는 성깔도 모질게 비뚤어져 있었다. 아버지가 떠넘기고 간 빚은 문전옥답이나 다름없는 논밭으로 정리되었고, 어머니는 여기저기 날품으로 근근이 입에 풀칠을 하며 아들이 돌아오기만을 기다렸다.

명수는 아득한 기분이었다. 남들처럼 도시에 나가 젊음을 투자하리라 꿈도 야무치게 마음먹었는데, 차마 어머니를 홀로 두고 집을 나설 수 없었다. 이 나이에 혼자 구걸하다시피 품팔이하면서 더 이상 살기 싫다. 니가 도시에 나가 돈을 벌어 내려보내 준다지만, 마른하늘에 돈짝 떨어지기를 기다리는 격이 아니고 뭐겠냐. 가난한 대로 이 에미와 조근조근 살자꾸나. 바짓가랑이를 붙드는 어머니를 차마 뿌리칠 수 없어 주질러 앉았다.

무엇을 해 먹고 살까? 처음에는 막연하고 아득하였다. 시골에서 제 몫의 땅이라도 있어야 무얼 재배하든지 하지. 엉덩짝 붙일 땅뙈기 한 자락 없고 보니 한숨만 절로 나왔다. 품팔이도 그랬다. 멀쩡하게 젊은 놈인데 자존심이 허락하지 않았다. 한 일 년 빈둥거리다 이런저런 생각 끝에 중고 타이탄 트럭 한 대를 구입하여 고물을 실어 날랐다. 그러나 그것도 한계에 부딪쳤다. 잘만 하면 쏠쏠한 재미가 있겠는데 시골인지라 고물이 흔할 리 없었다. 노는 날이 더 많았다.

"그렇게 빈둥거리지 말고 만물상이라도 차려 싣고 이 장 저 장 넘나들어. 괜찮을 텐께."

오일장마다 마른생선 가게를 펼치는 장돌뱅이 허 씨가 보기 딱하다는 듯 조언을 하였다.

"장돌뱅이가 되라고요?"

"장돌뱅이 생리를 몰라서 그러는 거여. 나름대로 낭만이 있어. 잡다한 세상 인심과 풍물구경도 무시 못 하고 말이여."

무슨 얼어죽을 낭만? 명수는 냉소를 머금으며 내쳤다. 그런데 다시금 생각을 곱씹으니 그게 아니었다. 무엇보다 주름살 짙은 어머니의 궁기 흐르는 성깔진 모습으로부터 조금이라도 벗어나고 싶었다. 그래, 밑져야 본전 아니겠어.

명수는 결정을 내리자 이동식 만물상을 차렸다. 그리고 어설픈 행동거지로 이 장 저 장 군과 군의 경계를 넘나들며 오일장을 돌아다녔다. 그런대로 재미가 있었다. 장사가 잘된 날은 잘된 대로, 못된 날은 못된 대로, 한잔 술로 소화하는 가운데 점점 이력이 붙었다. 몇 년 착실히 장사를 하는 동안 제법 궁기를 면하였다. 평일에도 필요한 물건을 사러 오는 손님들을 위해 오일장 한옆에 콧구멍만 한 점포를 내었다. 점포는 전적으로 어머니의 소일거리로 맡겼다. 어머니도 돈을 만지는 만큼 쏠쏠한 재미를 붙였고, 그만큼 얼굴이 펴졌다.

"야, 야. 이러다가는 한 살림 이루겠다. 인자 며느리도 보고 손자도 봐야 할디."

어머니는 은근히 며느리 보기를 원하였다. 어머니의 염원이었을까, 그녀를 호젓한 무넘이재에서 만난 것은 전혀 예상하지 못한 사건이었다.

인근 읍내장을 보고 무넘이재에 이르렀을 때는 상현달이 부끄러이 걸려 있었다. 비온 뒤여서 하늘이 더없이 창백하였다. 이런 밤을 혼자 즐기며 감상하다니. 명수는 새삼 주위가 허전하였다. 외로움이 밀려왔다. 혼자라는 것은 때로는 참기 힘든 괴로움이었다. 어쩌다 보니 조그마한 꿈들이 부스러지고 점점 자신감을 잃어 가는 사이, 저만큼 혼자 서 있음에랴. 홀어머니를 봉양한다는 알량한 효심으로 고향에 누질러 앉아 떠돌이 장돌뱅이로 살자니 이제는 고향마저 황량하였다. 마음을 온전히 내비칠 수 있는 벗도, 다감한 온기를 품안아 줄 방 한 칸도 넉넉하지 못하였다. 어머니와의 대화 또한 지극히 절제되고 간략한 의지처에 지나지 않았다.

자연 이 장 저 장 오일장을 떠돌며 차 안에서 되는 대로 편안하게 숙식을 해결하였다. 사람과의 따뜻한 대화보다도 주위의 풍경과 계절의 변화에서 오는 자연의 소리와 색상이 마음을 더 풍요롭게 하였다. 장날 사람과의 오가는 대화는 살갑고 정겨운 인정보다도 그저 상거래에 지나지 않았다. 그래서 오늘 같은 자연경개가 마음을 사로잡았다.

아, 시절이 좋구나! 그 순간 명수는 무넘이재를 막 넘어가려다 말고 차를 멈추었다. 젊은 여인이 철쭉꽃 더미에 처연한 자태로 앉아 있었다. 탈진한 모습이었다. 차가 바로 코앞에 멈추었는데도 넋을 놓고 있었다. 동트는 아침이라면 꽃다운 여인이 철쭉꽃 더미에 앉아 있는 자태가 그지없이 청순하고 아름다웠을 것인데, 창백한 상현달 아래의 호젓한 고갯마루에 여인이 넋을 놓고 있는 모습은 무언가 서늘한 기운을 안겨 주었다.

이 협소한 산길을 걸어 어디로 가려는 걸까? 혹시 정신이상자는 아닌가? 아니면 길을 걷다 발목이라도 삔 것은 아닐까? 그것도 아니라면? 명수는 잠시 여러 생각을 떠올렸다. 아무리 생각을 곱씹어 봐도 이 시각 호젓한 산길을 걸어왔다는 게 이

136

해가 가지 않았다. 그냥 지나칠까, 말까? 순간적으로 갈등을 일으켰다. 그렇다고 매정하게 뿌리치고 내달리기에는 인정상 허락하지 않았다. 명수는 차에서 내려 조심스럽게 다가갔다.

"여보시오. 어디 아프기라도 한 거요?"

대답이 없었다. 곱상한 얼굴에 핏기라고는 없었다. 눈사람처럼 만지면 금방이라도 부스러질 것 같은 형상이었다.

"어디서 여기까지 온 거요?"

명수는 재차 물었다. 그 순간 여인은 대답 대신 잿불 사그라지듯 명수의 발치 아래에 쓰러졌다. 눈물도 메말랐는지 고요하고 적막한 침묵만이 내려앉았다. 난감하였다. 어찌해야 좋을지 몰라 한참을 망설이다가 용기를 냈다. 그녀를 번쩍 안아들었다. 몸피가 가벼웠다. 몇 날을 허기진 듯하였다.

명수는 잠자리로 이용하는 차의 조수석에 그녀를 편안하게 앉히고 우선 물로 목을 축여 주었다. 아닌 밤중에 그녀를 집으로 데리고 가기도 무엇하고, 병원응급실이 제일 안전하지 싶었다. 가까운 병원을 찾아가기로 하였다. 차 시동을 걸었다. 부르릉 차 떠는 소리에 그녀가 의식을 되찾으며 눈을 떴다. 명수는 안도의 눈빛으로 그녀를 돌아보았다. 보기에도 가냘팠다. 여기는? 그리고 어디로……? 그녀는 눈짓으로 물었다.

"기력을 되찾아야 할 거 아니오. 금방 숨넘어가는데 내버려두어요?"

명수는 나무라듯 그녀를 제지하였다. 자신이 들어도 말투가 영 푸성귀 맛이었다. 그녀는 말문을 닫은 채 의외로 완강하게 도리질하며 몸을 일으키려고 하였다. 그대로 차를 몰고 가면 뛰어내릴 태세였다. 명수는 도리가 없었다. 간식용으로 비장해 온 우유와 라면국물을 끓여 먹었다. 다소 허기를 면한 때문인지 어느 정도 원기를 추스른 그녀는 이내 철쭉꽃을 베고 잠이 들었다. 그 모습을 바라보며 곱다시 무넘이재에서 밤을 지새울 수밖에 없었다.

건성건성 밤을 지새운 명수는 무엇보다 그녀의 초췌한 모습이 마음에 걸렸다. 집이 어디냐, 누구네 집을 찾아가는 길이었느냐고 물어도 침묵으로 도리질하였다. 정신상태를 보건대 별 이상은 없었다. 의식이 분명하였다. 그런데도 모르쇠로 자신을 잠재웠다. 마땅히 갈 곳도, 머무를 곳도 없다는 그녀의 눈빛을 바라보며 난감하기만 하였다. 어디서 온 여인인가? 명수는 점점 의문부호만 쌓여 갔다.

"정 그렇다면 나와 오일장을 돌아다니겠소? 나는 장돌뱅이오."

그녀는 대답이 없었다. 긍정인지 부정인지 도무지 감을 잡을 수 없었다. 에라, 모르겠다. 언제든지 제 발로 차에서 내리라지. 명수는 무넘이재를 넘어 면내 오일장으로 들어섰다. 먼저 그녀를 위해 시원한 조개칼국수로 아침을 때우고, 옷전에서 어림짐작으로 그녀의 옷 한 벌을 사고, 명수가 장사를 하는 동안 목욕탕에 들어가 무기력 증세를 말끔히 씻어 내라고 하였다.

"정오가 기울면 파장이오. 그동안 미용실에도 들러 머리단
장도 하시게요."

명수는 막무가내로 그녀를 목욕탕 안으로 등 떠밀면서 시
간을 인식시켰다. 목욕탕과 미용실을 다녀오는 동안 마음의
변화를 일으켜 그녀가 가고자 하는 행선지를 올바로 찾아가
기를 은근히 바랐다. 내력도 모르는 여자를 함부로 곁에 두고
싶지는 않았다. 더구나 피치 못할 곡절이 있지 싶었다.

파장이 되어 짐을 챙기는데 그녀가 나타났다. 처음에는 얼
른 못 알아볼 정도였다. 여전히 수심 가득한 얼굴인데도 수줍
어하는 미태가 정말 고왔다. 여자는 머리 모양새만 달라도 몰
라본다더니 머리를 끄덕일 수밖에 없었다. 잠시 넋을 놓고 있
는 사이 그녀는 재빨리 차 조수석으로 숨어들었다. 주위의 눈
들을 의식한 듯하였다. 짐을 다 챙기고 차에 오른 명수는 그녀
에게서 풍기는 은근한 향기에 잠시 아릿한 통증을 느꼈다. 저
렇게 이쁜 여인이 어찌 갈 곳을 잃었을까?

"집이 어디시오? 댁까지 모셔다 드리리다."

차 시동을 걸면서 그녀를 돌아보았다. 볼수록 가녀린 얼굴
이었다.

"저는 집이 없어요. 어디에도 갈 곳이 없고요."

처음으로 말문을 연 셈이었다. 목소리도 가늘고 고왔다.

"집이 없다니요? 그럼, 산천을 떠도는 귀신의 넋이라도 된

단 말이오?"

말도 되지 않는 소리였다. 낳고 자라고 병들고 늙는 공간이 집 아닌가.

"더는 할 말이 없어요. 정 무엇하면 어제 그 산마루에 내려 주시게라우. 더는 불편을 드리고 싶지 않아요."

"그곳이 댁이 거처하는 곳이란 말이오?"

그 말을 듣는 순간 무슨 전설에나 나옴 직한 처녀귀신을 생각게 하였다.

"제가 마지막 발이 닿은 곳이 거기예요."

"이거, 점점 아리숭한 안갯속이오."

명수는 더 이상 말문을 닫아 버리는 그녀의 옆모습을 훔쳐보며 무넘이재로 향하였다. 거기에 이르면 궁금증이 풀릴지도 몰랐다. 무넘이재에 오른 명수는 어제 초저녁 그녀가 넋을 놓고 있었던 철쭉더미 곁에 차를 세웠다. 해는 서산마루에 한 뼘 정도 걸려 있었다.

"같이 내려요. 저녁은 제가 지어 드릴게요."

"저녁을요?"

그녀의 제안에 모골이 송연하였다. 정말 전설에나 나옴 직한 처녀귀신의 넋인가? 아무리 둘러보아도 집이라고는 없는데 저녁을 지어 준다?

"왜, 그런 눈으로 바라보셔요. 어제저녁 제게 끓여 주신 라면과 가스레인지 하며 저녁거리가 있잖아요."

그러면 그렇지. 명수는 가슴을 쓸어내리며 방금 전의 상상에 멋쩍은 쓴웃음을 지었다. 어쩌는가 보자고 그녀의 요구대로 비장한 저녁거리를 내주었다. 그녀는 비록 라면일망정 정성으로 저녁을 지었다. 느닷없는 호사여서 쓸쓸한 기운이 멀리 달아났다. 저녁을 들면서 술도 한잔 걸쳤다. 상현달이 더욱 창백하게 비추고 계곡물 소리가 가슴을 울렸다.

　　"정말 집이 없는 거요, 아니면 무슨 사연이 있어 가출한 거요? 사랑을 듬뿍 받을 아름다움을 지녔는데 까닭을 모르겠소."

　　저녁을 들고 조금은 거리를 좁혔다 싶어 궁금증을 물었다.

　　"말씀드리지요. 이것도 인연이라 생각하고요."

　　그녀는 열린 마음으로 다소곳한 자세를 고쳐 앉았다.

　　식당일을 하던 그녀의 어머니가 주방장과 눈이 맞아 집을 나갔다. 청천벽력과도 같은 일이었다. 살뜰하던 집안 꼴은 말이 아니었다. 나이도 새파란 놈과 배가 맞아 처자식을 버려? 막노동을 하던 아버지는 이를 갈아붙이며 밤낮으로 술을 들어부었다. 한마디로 집안이 난장판이었다. 그녀는 어머니에 대한 원망과 혼란스러운 마음을 가누지 못하였다.

　　그때 구원의 손길이 닿은 곳이 가까운 거리에 있는 교회였다. 마음의 안식처였다. 벌겋게 술에 익은 아버지의 행패로부터 벗어날 수 있어 좋았고, 주위의 눈들을 의식하지 않아 위안을 주었다. 그곳에서 한 남자를 만났다. 믿음이 신실한 만큼 첫 만남부터 마음이 끌렸다. 술독에 빠진 아버지의 횡포에 진저리를 친 터라 시간이 흐를수록 믿음직스러웠다. 그도 그녀를 예사로 보지 않았다. 가녀린 청초한 모습 언저리에 근심이 어리어 있어 따뜻이 안아 주고 싶었다. 그렇게 믿음의 울안에서 한 일 년 남짓 은밀히 사랑을 키웠다.

아버지의 술주정과 횡포는 갈수록 늘어갔다. 어머니에 대한 분노를 자식들에게 풀었다. 그 사실을 안 그는 탈출구를 마련해 주었다. 동거생활을 시작한 것이다. 무엇보다 아버지로부터 벗어나고 싶은 마음에서 그의 탈출구를 받아들였고 새출발을 한 것이다.

어느 날, 그의 아버지가 찾아왔다. 첫눈에 시골티가 났다. 야, 이놈아. 색싯감을 얻었으면 곧장 집으로 내려와야지 이게 무슨 짓이냐? 불효막심한 놈 같으니라고. 방 안에 들어서기가 무섭게 아들을 다잡았다. 그녀는 영문을 몰라 어리둥절하고 난감하였다. 죄를 지은 사람처럼 그의 곁에 웅크리고 앉아 사태의 추이를 지켜볼 수밖에 없었다.

"색싯감은 보아하니 잘 선택한 성싶다. 암만. 뒤늦게 참한 며느리감을 얻게 된 것도 가문의 홍복이지야. 헌디, 이놈아. 색싯감을 구했으면 냉큼 집으로 돌아와야지 이 무슨 소꿉장난이여? 니 어무니가 며느리 하나 보자고 너를 도시로 보내놓고 하매나 홍보네 제비 새끼 박씨 하나 물어오듯 며느리감 꿰차고 올까, 눈이 빠지도록 기다리는 그 심정을 매몰차게 잊어 뿐거냐?"

그는 그저 머리를 조아리며 죄송하다는 말만 되풀이하였다. 그의 아버지 말을 대충 추슬러 보건대 시골에서 장가보내겠다고 애를 써도 색싯감이 없자 아들을 도시로 보내 며느리감을 구하기로 하였다. 죽이 되든 밥이 되든 색싯감을 구해 오라는 엄명과 함께 도시로 등 떠민 것이다.

부모님 뜻을 받들어 도시로 나온 그는 고향 선배의 소개로 이교대로 일하는 공장에 근무하며 마음 붙일 곳을 찾았다. 교회였다. 무엇보다 부모가 원하는 며느릿감을 물색하자면 교회의 울안이 좋을 듯싶었다. 신앙심이 깊은 여자라면 아무래도 성정이 따사로울 것으로 생각하였다.

"교회에 나가면 반드시 마음에 드는 처녀가 있을 것이다. 숫기라고는 없는 너에게는 믿음이 용기를 줄 것이야. 강태공이 빈 낚싯대로 월척을 낚아 올렸듯이 인내하는 가운데 기다려 보란 말이다."

고향선배도 그를 교회로 내몰았다. 그는 옹색한 마음으로 교회에 나갔다. 애초부터 신앙심이 깊어서가 아니라 색싯감 하나 얻어 부모에게 효도하자고 작정한 터라 맨숭한 기분으로 겉돌기만 하였다.

그때 그녀가 나타났다. 첫눈에 눈도장을 찍었다. 수심 어린 가냘픈 모습이 금방이라도 품 안에 안겨 들 것 같았다. 거, 봐

라. 거기에 인연이 있지 않나. 부모님께는 나중에 알리고 가두리양식장에 고기를 키우듯 동거부터 시작혀. 자칫 날아간 파랑새가 될 수도 있으니께. 고향선배의 말에 얼렁뚱땅 동거를 시작하였다.

"당장 짐 싸들고 집으로 내려가자. 정식으로 혼례식을 올리고 살아야제."

그의 아버지는 댓바람에 아들을 일으켜 세우려고 하였다.

"회사일도 있고, 시간이 좀 필요하겠어요."

"뭐라고? 니 어무니는 니를 기다리다 몸져 누워 있는데 마냥 궁싯거려? 언제 눈 감을지 모르는 판에 며느릿감이라도 봐야 저승에 가서도 안심이 되지 않겠느냐."

그는 아버지의 불같은 성화에 못 이겨 다음 날로 그녀를 앞세우고 고향으로 내려갔다. 그녀는 가기 싫다고 완강히 뻗댈 수도 없고, 오히려 친정아버지와 뚝 떨어져 살 수 있어 홀가분한 마음이 들었다.

그의 집은 생각보다 넉넉하였다. 집도 반듯하였고, 농토도 기름졌다. 그만하면 시골에서 땀 흘리며 살 만하였다. 마을에서는 그가 도시에 나가 참한 색싯감을 구해 왔다고 떠들썩거렸다.

"밥술깨나 먹고산다고 한사코 동남아 처녀는 싫다고 하던마는 소원풀이를 했네, 그랴."

"요즘 시골에 순 국산 처녀가 어디 있던가. 암만, 암만. 가문의 홍복이제."

마을 노인네들은 그녀를 보기 위해 밤마다 마실을 나왔다.

그런데 뜻하지 않은 사고가 발생하였다. 가문의 재앙이자 그녀에게 내린 가혹한 운명이었다. 색싯감을 얻어 고향에 내려온 그는 매일밤 고향 선후배들에게 끌려 나가 축하주를 마셨다. 교회 다닐 때는 술을 한 모금도 마시지 않았는데, 고향에 내려오자 웬걸 술이 말술이었다. 교회에서는 양의 탈을 쓴 늠름스러운 속내였다.

"제발 인사불성으로 술 좀 마시지 마세요. 울 아부지 술주정에 몸서리친 사람 아니요. 사람이 이리 변할 수 있어요?"

"알았다고. 당장 술을 끊을게."

그렇게 금쪽같이 다짐을 놓았다가도 다음 날이면 들일을 마침과 동시에 고만고만한 연배들과 술청에 들었다. 농사일이 새참 때마다 한 잔 술이 아니면 안 되는지라 새참 술의 연장이었다. 그녀는 토심스러운 가운데 실망스러움을 지그시 깨물며 병석에 누운 그의 어머니를 지성껏 간병하였다.

"니가 우리 집에 복덩이로 들어왔구나. 어이구, 시원타! 니 신랑 술 마신다고 너무 마음 쓰지 말거라. 혼례식이 끝나면 제정신으로 돌아올 것이다. 암만, 결혼식은 온 고을이 쩡하도록 올릴 것인께."

그의 어머니는 얌전한 그녀가 귀엽기만 하였다. 그런데 누가 알았으랴. 그가 친구들과 읍내에 나가 술을 진창 마시고 돌아오다 교통사고를 당한 것이다. 운수 사납게 운전자와 조수석에 탄 그는 그 자리에서 절명하였다. 흉물스럽게 망가진 차체와 으깨진 그의 형체를 본 순간 그녀는 정신을 잃었다.

장례를 치르고 나서도 그녀는 의식이 제대로 돌아오지 않았다. 갑자기 의지처를 잃은 허허롭고 슬픈 가슴을 부여안은 채 망연자실하였다. 치막한 안개가 시야를 온통 가려 도무지 정신을 추스를 기력이 없었다. 그때 그의 아버지가 은근한 목소리로 다가왔다.

"어쩔끄나. 지놈의 운명이고 너의 팔자 아니겠느냐. 대가 끊긴 집안의 비극이다만 산 사람은 살고 봐야 하지 않겠느냐."

그의 아버지는 수시로 그녀의 방에 들며 위로하였다. 처음에는 그의 아버지의 따뜻한 말과 주위의 동정 어린 시선이 와 닿지 않았다. 치막한 안갯속에 둘러싸여 마음의 안정을 찾지 못하였다. 그러는 사이 그의 아버지의 위로의 발길은 점점 잦아지고, 잦아진 만큼 야릇한 기운을 풍겼다. 깊은 밤에도 불쑥 찾아왔고, 한잔 술에 익은 얼굴로 뒤틀고 앉아 중언부언하며 돌아갈 줄 몰랐다. 그러자 주위에서는 그녀와 그의 아버지와의 관계를 이상한 눈초리로 바라보았다.

"늙은 작자가 주책머리 없이 은근히 며느리감을 욕심 낸 것 아니여?"

"설마, 그러기야 할라고. 짓궂은 애들이 행여 넘보기라도 할까 봐 그러는 거겠제. 그런 엉뚱한 마음을 먹었다면 천하에 불상놈이제."

주위의 입방아가 점점 요상한 쪽으로 흘러갈 즈음, 한 무더기 시큼한 바람처럼 늙은이의 속내가 드러났다. 새벽녘 설핏 잠이 들었는데 무거운 물체가 짓눌렀다. 후두둑 몸부림쳤다.

"가만있거라. 끊어진 대를 이어야겠다. 이왕 우리 집 귀신이 되기 위해 들어오지 않았느냐."

거친 숨소리가 와락 구토증을 일으켰다.

"우에엑!"

그녀는 토사물을 내쏟듯 늙은이의 귀를 물어뜯음과 동시에 모둠으로 일어나 집을 뛰쳐나왔다. 어디가 어딘지 모른 채 냅다 뛰었다. 숨이 차고 허기가 들었다. 그런데도 계속 발길을 옮겼다. 해가 떠오르고, 해가 기울고, 밤이슬을 맞은 채 몇 날을 인적 없는 산길을 헤맸다. 사람을 만나는 게 두려웠다. 그리고 무넘이재에 이르러 더 이상 걸을 수 없었다.

명수는 생각을 되감으며 무넘이재에 이르렀다. 자신도 모르게 행여 그녀가 숨은 듯 보이지 않을까, 철쭉 더미 주위를 눈으로 더듬었다. 저 멀리 인가의 불빛은 평화롭기만 하였다. 자신도 모르게 한숨을 내쉬며 그녀의 체온이 배어 있는 옆좌석을 쓸어 보았다. 한사코 사람 만나기를 싫어하는 그녀를 태우고 이 장 저 장 돌아다녔다. 명수가 장사를 하는 동안 그녀는 조수석에 누워 파장이 되기를 기다렸다. 시골장이라 대부분

정오가 지나면 파장이라지만 기다리는 시간이 지루할 법도 한데 그녀는 머나먼 상념에 젖어 시간을 잊었다. 아침과 저녁은 꼭 무넘이재에서 그녀의 정성이 담긴 식사로 따북하게 즐겼다. 그렇게 일 년여를 함께하였다.

"이제 마음을 추슬러 잡고 우리 집에서 어머니를 모시고 오순도순 삽시다. 어머니가 심심해하실까 봐 장터거리에 구멍가게 만물상을 차렸는데, 기억력도 딸리고 눈도 침침하여 어쩌다 손님을 맞는데도 어려움이 많은가 보오. 어머니를 곁에서 거들어 주면 바랄 게 없겠소."

그녀가 무넘이재 철쭉 더미 위에서 몸과 마음을 허락하던 날, 이제는 내 사람이려니 하고 명수는 간절한 눈으로 말하였다. 일 년여를 그녀와 함께 오일장을 떠돌며 밤을 지새웠는데도 그녀의 영혼과 육신을 요구하지 않았다. 그녀의 마음이 정상으로 돌아오고, 진정한 사랑으로 생명의 문을 열 때까지 기다렸다. 그날은 밤하늘의 별빛이 초롱한 가운데 뻐꾸기 울음소리가 가슴을 울렸다. 그녀는 비로소 철쭉꽃 붉은 꽃더미 위에서 명수를 드넓은 하늘을 품안듯 받아들였다.

"더 이상 바랄 게 없으니 마지막이라 생각하고 당신의 뜻에 따르겠어요."

그녀는 체념도, 그렇다고 황홀하고 들뜬 기분도 아닌 차분하고 평상한 얼굴로 명수의 의중을 받아들였다. 어머니에게 인사를 시켰을 때도 매차분한 모습이었다.

"이게 꿈이냐, 생시냐. 내가 며느리 밥상을 받아 보게."

명수의 어머니는 흐트러짐 없는 그녀의 행동거지를 보고 흔감해 하였다. 어디서 굴러 왔는지는 모르지만 그녀의 행동가짐에서 시시콜콜 집안 내력을 따져 물을 필요는 없을 듯싶었다. 더구나 철 지난 수숫대 형상인 아들이 얌전한 색싯감을 물색해 오다니, 가리고 따질 것도 없었다.

"헌디, 결혼식은 좀 더 두고 봐야겠다. 준비도 필요하고……."

명수의 어머니는 혼례식만은 급하게 올릴 필요가 없다고 단서를 달았다. 근본도 모르는 속내를 시일을 두고 달아보겠다는 심산이었다. 그녀는 별로 개의치 않았다. 그날로 구멍가게 일을 도우고 살뜰히 집안을 가꾸었다. 한가지 답답한 것은 도무지 말이 없다는 것이었다.

"저놈의 속내는 알다가도 모르겠네. 통 속을 내비치지 않으니, 원."

"늙은이가 너무 좋아 입방정이여. 저 주제에 뒤늦게 저런 며느리 보는 것만도 복인 줄 모르고."

주위에서는 명수 어머니의 투정을 눈 흘기며 나무랐다. 명수는 그녀의 알뜰한 마음이 고맙고 사랑스러웠다. 시골장을 떠돌다 집에 돌아오면 그렇게 마음 푸근할 수가 없었다. 이래서 장가를 가는구나. 새삼 안사람의 무게를 실감하였다.

"어따, 깨알이 막 쏟아지는구나. 저러다가는 홀로 고생한 어미도 몰라보겠구랴."

문제는 명수의 어머니였다. 그녀에게 향한 아들의 사랑이 깊어 갈수록 위기의식을 느끼듯 드러내 놓고 시샘을 하였다. 그 눈 흘김은 고부간의 갈등으로 번져 구박으로 이어졌다. 거스름돈을 잘못 내주었다느니, 듬직한 사내가 물건을 사러 오면 살랑살랑 눈웃음을 친다느니, 아들 밥상 반찬새가 다르다느니, 조상 기제사를 앞두고 교회담장을 넘본다느니, 시시콜콜 트집을 부리며 흠을 잡았다. 그래도 그녀는 그저 말이 없었다.

"늙은이가 망령이 들었구만. 무엇이 못마땅하고 부족하다고 저 지랄이여."

주위에서는 노인의 행패를 바라보며 혀를 찼다. 급기야는 어깨를 쥐어박고 머리채를 뜯는 지경에 이르자 숙덕공론을 벌인 끝에 늙은이의 버릇을 고쳐 주기로 하였다. 어느 날, 한바탕 시어머니에게 폭력을 당하고 뛰쳐나온 그녀를 마을회관에 숨겼다. 닷새째 되는 날, 이제는 노친네도 정신을 차렸겠거니 싶어 그녀를 집으로 돌려보냈는데, 그 길로 행방을 감추었다.

"그래, 내 이럴 줄 알았다. 근본도 모르는 것이 어디서 굴러와 마음 착한 우리 아들 간덩이를 빼묵을라고 작정한 것이여. 그새 한 밑천 빼돌렸는지도 모르제."

명수는 갑자기 사라진 그녀의 행방을 몰라 안절부절못하며 사방팔방 찾아 헤매는데, 노친네는 기고만장 외장을 치며 기

갈을 부렸다. 도대체 어디로 간 걸까? 명수는 초췌한 얼굴로 그녀를 처음 발견하였던 철쭉 더미 곁에 차를 세웠다. 그녀와의 사랑의 보금자리였다. 무심한 뻐꾸기 울음소리만 애절하게 가슴을 울렸다.

진경산수 7

고인돌

산나물이나 걸망태에 담아 가자고 산에 올랐다. 발에 밟히는 쑥은 벌써 짙은 덤불을 이루었고, 여리고 수줍은 진달래꽃은 어느새 화사한 철쭉꽃에게 그 자리를 내어주었다. 산뽕잎, 망개잎도 짙푸른 빛을 머금었다. 갑자기 계곡물 소리가 귓전을 때렸다. 뻐꾹새 울음소리가 애틋하게 계곡물 위를 굴렀다. 깊이 들어갈수록 산의 정기가 적요하게 감싸 안았다.

"꾸지뽕나무와 춘란만 지천이고 산나물은 보이지 않네요."

그녀는 휘움하게 모닥숨을 내쉬었다.

"허어, 병든 나보다 더 힘들어하는구라."

그는 계곡물이 내려다보이는 바위에서 잠시 쉬어 가기로 하였다. 세월이 흘러도 계절이 안겨 주는 전경은 변함이 없었다. 그녀는 그의 곁에 앉으며 가쁜 숨을 내쉬었다. 상큼 봄기운을 머금고 있었다.

"적요한 산 기운이 좋소."

그는 배낭에서 우유와 간식거리를 꺼냈다. 이럴 때는 한잔 술이 딱 어울릴 것인데, 아쉬움이 목에 걸렸다. 술을 멀리한 지가 언제였던가? 점점 골수까지 깊어가는 병근의 연륜만큼 술과는 담을 쌓았다. 그런데도 향수처럼 가슴에 차오를 때가 있었다. 한잔 술은 가슴을 치미는 분노와 회한과 갈등, 그리고 외로움과 괴로움을 삭혀 주었다. 그래서 무슨 처방전처럼 술을 들이켰다. 그는 망념을 떨치고 자리에서 일어났다. 계곡물 소리, 산새 소리, 파릇한 잎새들이 병든 육신의 고통을 멀리 여의게 하였다.

"어머나, 산나물이 지천으로 널려 있네."

얼마 오르지 않아 그녀는 산나물 군락지를 발견하자 반가움을 내비치며 흔감해 하였다. 어느 곳보다도 이곳에서 나는 산나물은 향기가 짙었다. 그만큼 맑고 웅숭깊은 계곡 물소리가 영양분으로 배어난 까닭일 것이다. 그는 산나물을 정성스레 채취하는 그녀를 바라보며 문득 어머니를 떠올렸다. 산나물을 채취하는 그녀의 뒷모습이 영락없이 살아생전 어머니의 뒷모습이었다.

어머니는 봄이 다 가도록 쑥, 냉이, 달래, 민들레, 고사리, 취나물, 머위 등 갖가지 산나물을 채취하였다. 그것으로 거뜬히 보릿고개를 넘기기도 하였다. 어머니는 층층시하에서 무던히도 부지런하였다. 시골 아녀자들이 그렇듯 손끝 뭉개지도록 부지런을 떨어도 가난하고 궁핍한 살림살이는 늘상 땟물이 흘렸다.

　어머니가 날을 받아 산에 오르는 날은 산나물을 채취하기 위해서였다. 그때는 광대코에 이르는 길이 생각보다 깊었고, 주먹밥 한 덩이로 허기진 배를 달래며 온종일 산나물 채취에 허리가 휘어졌다. 누가 뭐라 해도 광대코 아래의 산나물은 그 어느 곳에서 나는 것보다 향기 짙고 자르르 윤기가 흘렀으며 부드러웠다. 어머니가 굳이 사람들이 꺼려하는 광대코를 고집하는 이유가 거기에 있었다.

　광대코는 계곡을 휘돌아 오르는 가파른 산 정상 높이에 뚫린 바위굴이었다. 생김새가 광대코 같다 하여 붙여진 이름인지는 모르겠으나, 전쟁이 일어날 때마다 숱한 애환과 한이 서리어 있어 애써 사람들의 마음속에 먼 거리로 나앉았다. 광대코 바위굴은 이삼십여 명은 너끈히 숨어들 수 있어 임진왜란 때도 마을주민들이 피신하였고, 육이오전쟁 때도 이쪽저쪽 전황이 뒤바뀔 때마다 두려움으로 떨며 이곳에서 참새가슴으로 숨어 지내기도 하였다. 광대코는 오늘에 이르기까지 역사의 증인으로 묵묵히 속세를 내려다보고 있었다.

　"정말 향이 짙네요."

　그녀는 한참을 정신없이 산나물을 채취하다 말고 허리를 펴며 아쉬움을 담았다. 시절이 변한 만큼 군락지가 줄어 아쉬움을 담을 만도 하였다.

　"더 올라가면 산나물 군락지가 또 나타날 게요."

그는 한 구비를 돌아 올랐다. 벌써 가시목들이 양기를 머금고 가는 길을 막아서곤 하였다. 그때마다 낫으로 길을 텄다. 드디어 너럭바위가 나타났다. 꾸지뽕나무와 오동나무와 소나무가 어우러진 너럭바위 주위는 아직도 저 옛날 나무꾼들이 모닥숨을 쉬며 땀을 식혔던 정취를 안고 있었다. 낭떠러지 아래 계곡물은 더욱 가파르게 흘러 가슴속의 심연이 확 뚫리는 기분이었다.

"이 깊은 산속에 이렇게 크고 잘 생긴 너럭바위가 있다니 볼수록 신기한 생각이 들어요."

그녀는 가쁜 숨을 고르며 그의 곁에 앉았다.

"우리 어렸을 때만 해도 나무꾼들의 쉼터였지."

"나무 한 짐 하자고 여기까지 올랐어요?"

"땔감이 그만큼 부족할 때였거든."

나무꾼들만의 쉼터가 아니었다. 소 먹이러 온 아이들이며, 산나물을 채취하러 온 아녀자들까지도 이곳에서 등허리에 배인 땀을 식혔고, 계곡물에서 등물을 축였다. 그만큼 애환이 깃든 땀내음이 배어났고, 처녀총각들의 은밀한 밀애장소로도 한몫하였다. 그 때문에 죽일 놈, 살릴 년, 한바탕 소란이 일어났고, 동네 사돈 아니면 이웃동네 사돈이 생겨났다.

"당신이 이곳에서 세상을 놓아 버릴 줄은 생각지도 못하였지요?"

"그러게. 아침저녁으로 병든 육신을 계곡물로 씻어 내리며 기도하는 마음으로 살았지."

그는 담담하게 말하였다. 그때만 해도 회의와 절망 속에서 결연히 세상을 등지기로 하였다. 도무지 희망이 없었던 것이다.

월남 참전용사. 그러나 그 훈장은 육신이 병들기 시작하면서 병고로 얼룩졌다. 고엽제 증상은 세월과 함께 점점 나락으로 떨어뜨렸다. 치유방법이 없었다. 월남전에서 고엽제가 공중살포될 때마다 극성스러운 모기떼와 독벌레로부터 놓여나기 위해 물세례를 받듯 환호하고 춤을 추며 고엽제 샤워를 하였다. 그리고 제대와 동시에 까마득히 잊고 있었는데 어느 날부터 증세가 나타났다. 그때 고엽제 샤워를 하였던 참전용사들 모두가 하나둘 시근시근 병마에 시달리기 시작한 것이다. 구제책이 따로 없었다. 점점 농도가 더하여 진물이 나고 등창이 나면서 조금만 건드려도 종양에서 악취가 났다.

처음 증세가 나타난 것은 제대하고 한참 뒤였다. 지역감정과 갈등에 편승한 부모님의 완강한 반대를 무릅쓰고 월남파병 때 펜팔로 사귄 그녀와 동거를 하며 의욕적으로 식육점을 운영하던 때였다. 목도 좋아 몇 년을 잘 일구어 나갔다. 그런데 어느 날부터 가벼운 징후가 나타나기 시작하였다. 발병 초기에는 대수롭지 않게 생각하였다. 그러나 고엽제 환자로 판명이 났을 때는 치유불가능한 불치의 병으로 절망하였다.

단골손님들에게 그 사실이 알려지면 장사에 지장이 있을 것 같아 철저히 비밀로 하였고, 그녀가 원하는 자식마저도 포기하였다. 유전인자처럼 자식에게까지 병마를 물려줄 수 없다는 눈물겨운 체념이었다.

"아무래도 안 되겠어. 어디 산속 깊은 곳에서 요양을 해야겠어."

그는 더 이상 버티어 나갈 수 없다는 결론에 이르게 되자, 그녀에게 식육점을 맡기고 수소문 끝에 강원도 산 깊은 곳 비어 있는 토굴을 찾아들었다. 스님들이 여름 한철 정진하던 곳이었다. 모든 것을 포기해 버린 처절하고 허허로운 진공상태였다.

정말이지, 그곳에서의 생활은 생을 마감하려는 묵시의 나날이었다. 세상의 모든 인연을 끊고 한 점 후회도, 미련도 없이 조용히 눈감고자 하였다. 그녀에게도 소식을 주지 않았다. 병마의 고통 속에서 마음을 비우고 또 비워 나갔다. 모진 것이 목숨인가, 피골이 상접한 고통 속에서 세월은 마냥 흘러갔다. 사물을 헤아릴 수 있는 정신마저 놓아 버리면 영원히 병마의 고통에서 벗어나리라 가슴을 여미었다.

첫눈이 내리는 날이었다. 어머니가 눈밭을 헤치고 걸어왔다. 주위의 모든 사람들을 잊은 가운데 어머니라고 예외일 수는 없었다. 고향을 까마득히 내쳐 버린 것이다. 아들아! 너를 보러왔다. 여기서 무엇하는 게냐. 빨리 집으로 돌아와 이 어미를 보려므나. 네, 어머니! 마주쳐 일어나는 순간, 꿈이었다. 이상한 예감이 들었다.

그는 하루 내내 어머니의 얼굴을 붙들고 있다가 산을 내려왔다. 죽기 전에 어머니를 한 번 뵙는 것도 자식의 도리일 것 같았다. 산을 이고 산 그간의 생활로 속세의 지나치는 모든 풍경이 낯설었다. 고향도 마찬가지였다. 낯익은 얼굴들도 낯설게 다가왔고, 태어난 집도 궁색하고 초라한 만큼 살갑게 다가오지 않았다. 더구나 놀란 것은 어머니의 모습이었다.

"와 주었구나! 마지막 가는 길에 니 얼굴이라도 한 번 보고 싶었다. 병마에 시들어 가는 너를 두고 가자니 차마 눈을 감을 수 없었다."

어머니는 그를 기다리고 있었다는 듯 아들의 손을 잡은 채 짚불 사그라지듯 숨을 거두었다. 너무나 큰 충격이었다. 갑자기 홍수처럼 슬픔이 밀려들었다. 월남 파병 시절, 보내주는 돈으로 전답을 장만할 때마다 뿌듯하게 가슴을 열어 놓았었다. 그렇던 아들이 고엽제 환자로 사회로부터 내침을 받았으니 얼마나 마음 아파하였던가.

어머니의 장례를 치르고 난 그는 그대로 고향집에 눌러 앉았다. 어머니의 따뜻한 온기를 느끼고 싶었다. 그리고 금기시하였던 술로 마음을 덥혔다. 술은 그 어느 주사약보다 훨씬 위안을 주었다. 수면제보다 더 좋은 안정제였다. 시시때때로 찾아오는 병고의 고통을 잠재워 주었다.

광대코 아래 너럭바위에 오르게 된 것은 마을사람들의 무언의 압력 때문이었다. 마을사람들은 처음과는 달리 해가 갈수록 그의 존재를 멀리하였다. 한센씨병보다 더 악취나는 환자로 취급하였다. 행여나 전염이라도 될까 봐 아예 발걸음을 하지 않았다. 그 위에 술로 세월을 보내는 악취 나는 모습을 징그러운 벌레를 보듯 하였다.

오냐. 내가 떠나 주마. 그는 마을사람들의 무언의 압력에 떠밀려 죽음의 길을 찾아나서듯 너럭바위에 이르렀다. 죽는 날까지 청정한 육신과 영혼으로 살다 가리라. 그는 생의 마지막 갈무리를 산속 깊은 곳에서 은자의 마음으로 순일하게 마감하기로 하였다. 마음을 그렇게 정리하자 이상하리만큼 무욕의 경개에 이르렀고, 마음은 그지없이 허허로웠다.

그가 마을을 뒤로하고 어린 시절의 기억을 더듬어 너럭바위를 찾아 오른 산길은 치막한 안갯속이었다. 지난밤 봄비가 촉촉이 내린 뒤끝이어서 계곡에서 피어오른 안개는 온 산을 뒤덮었다. 안갯속을 헤쳐나가는 동안 바짓가랑이는 후줄근 젖었다. 이정표처럼 길잡이가 되어 준 것은 진달래꽃이었다. 소리없이 이제 막 피어난 진달래꽃은 안갯속에서 유난히 청순하고 가녀린 선홍빛을 띠었다. 젖은 눈망울로 입맞춤이라도 할라치면 금방이라도 수줍음을 머금으며 고개를 떨구었다.

그는 진달래꽃을 헤이며 안갯속을 더듬어 너럭바위에 이르렀다. 쉬엄쉬엄 올랐는데도 등허리에 땀이 배어났다. 배낭의 무게가 땀을 차게 한 것이다. 서서히 안개가 걷히면서 햇살이 투명하게 비쳐 들었다. 신선하고 포근한 햇살이었다. 이제 막 움 솟기 시작한 나뭇잎들이 여리고 청순하였다. 그는 너럭바위 둘레에 천막을 치고, 너럭바위 위에 침낭을 깔았다. 완벽한 침상이었다.

계곡물을 떠오기 위해 계곡으로 내려가는 계단을 만들었다. 어설픈 계단길이었지만 매일같이 오르내리다 보면 반질하게 다져지리라. 이마에 송글 땀을 매달고서 계곡물을 손으로 움켜쥐었다. 차갑고 신선한 기운이 온몸으로 퍼졌다. 그는 천천히 옷을 벗고 물웅덩이에 몸을 담갔다. 진저리가 쳐졌다. 그런데도 봄기운이 배어나듯 상큼한 기분이 들었다. 매일 아침저녁 의식을 치르듯 계곡물에 몸을 씻어 내리라. 순간 빈 암자에서의 생활로 돌아온 듯하였다.

목욕재계를 한 그는 물을 떠들고 너럭바위로 올라왔다. 그 사이 장끼랄 놈이 천막 주위를 맴돌다 외장치며 푸드득 날아올랐다. 그 녀석, 누가 신고식도 하지 않고 무단침입으로 들어왔느냐고 한소리 하러 왔구나. 오냐, 신고식을 야무지게 하마. 그는 정겹게 웃으며 주위에 널려있는 고사리, 취나물, 엄나무순, 꾸지뽕 나뭇잎을 손에 닿는 대로 뜯어 찬거리를 장만하였다.

간단히 산천에게 신고식을 한 그는 명상에 잠기려고 하였는데, 그게 잘되지 않았다. 자유로운 몸가짐으로 생각을 여며 보자. 이 무한대의 자연 속에서 격식이 따로 있겠는가. 가지고 온 술병을 기울였다. 그는 술을 든 채 무한대의 상념에 젖어 있다가 허리 다리가 저리고 결리면 너럭바위 위에 편안히 누워 지그시 눈을 감았다. 헌데, 명상에 잠길수록 웬 놈의 잡생각이 그렇게도 떠오르는지, 도대체가 한 가지 생각을 붙들고 앉아 있을 수가 없었다.

어떻게 잡념을 하나하나 부수어 나간다지? 그는 뒤죽박죽으로 얼키고설키는 잡념들을 실가닥처럼 추스르기로 하였다. 선승들은 공안을 굴린다지만 그럴 것까지는 없었다. 술병이 바닥나자 우선 어린 시절부터 오늘에 이르기까지 걸어온 길을 선명하게 길닦음하듯 정리할 필요가 있다고 생각하였다. 땟국 흐르던 코흘리개 시절은 헐거운 가난 속에서 자랐고, 청소년기에는 무언가 모를 불만을 가득 안은 채 보냈다. 그리고 월남전에서 얻어 온 불치의 병은 전생의 업보인가, 현생의 죄업인가.

생각이 거기에 이르자 망연한 기분이 들었다. 전생의 업보인 것도 같았고, 현생의 죄업이라 타매질 한 데도 할 말이 없을 듯하였다. 가난을 면하기 위해 월남전에 지원한 것부터가 운명의 끄달림 아니겠는가. 조국을 위해 참전한 그 내면에는 가난이라는 대명제가 가슴에 똬리를 틀고 있었다. 그게 잘못일 수는 없는데 불치의 병을 짊어졌다.

그 순간, 아스라이 총성이 울리고 피비린내와 화염 속에서 죽어간 인간들의 처참한 모습들이 떠올랐다. 그지없이 선량한 사람들이었다. 잔혹한 살상이었다. 누구를 위한 전쟁이며, 무엇이 나로 하여금 선량한 가슴에 총부리를 들이대게 하였는가. 회의와 절망이 차오르면서 비치적 물러났다. 분명 현생의 죄업이었다.

그는 악몽과도 같았던 순간의 기억들로부터 놓여나기 위해 두 눈을 감았다. 어느 틈에 자신도 모르게 잠이 들었다. 나른한 봄날 한낮의 오수였다. 가장 평화로운 순간이라고나 할까. 잠에서 깨어났을 때는 해가 서산마루에 걸려 있었다. 산속의 해는 짧다고 하였던가? 그는 계곡으로 내려가 웅덩이물에 몸을 담갔다. 짜릿하게 저며 오는 한기를 떨치고자 팔굽혀펴기를 하였다. 그 사이 어둠이 내리고 서산에 샛별이 나타났다. 조금 있자 둥근달이 동쪽 산마루 위에 둥싯 솟아올랐다.

달아, 달아, 밝은 달아. 저절로 감흥이 솟구쳤다. 새파란 연초록색 나뭇잎으로 물든 산천을 새하얀 심연의 빛으로 수놓았다. 그 위에 계곡물소리는 오묘한 향기로 주위를 감싸 안았다. 숲속의 고요와 적막한 밤의 기운은 그렇게 깊어갔다. 도무지 잠을 이룰 수가 없었다. 잠이 들면 모든 것을 잃을 것만 같았다. 그렇게 한밤을 꼬박 지새웠다. 먼동이 터오고, 장끼가 한바탕 새벽을 알리고, 동녘 해가 떠올랐다.

그 사이 나뭇잎이 무성해지고 녹음이 짙어 가더니 여름이 돌아왔다. 여름이라고 하루의 일상이 달라진 것은 없었다. 한 가지 달라진 것이 있다면 계곡물의 변화였다. 여전히 시리도록 차가운데도 소름이 돋지 않는다는 점이었다. 한낮의 더위가 기승을 부릴수록 웅덩이물에 오래도록 몸을 담그며 선뜻한 기운을 누렸다. 그래서 여름은 더욱 시간을 잊게 하였다.

이때쯤이면 녹음 사이로 올려다보는 밤하늘의 별들이 너무나 또렷하여 금방이라도 쏟아져 내릴 듯하였다. 하나같이 깨알 같은 웃음을 머금고 있어 한밤을 꼬박 별들을 헤아리며 지새웠다. 마음의 환희라든가, 즐거움은 꼭 강렬한 충동에 의해 생겨나는 것은 아니었다. 아주 미세한 마음의 변화와 자연의 순일한 열림에서 얼마든지 주어지는 것이었다. 어떠한 고뇌를 짊어졌을지라도 자연의 오묘한 현상은 자신도 모르게 열린 세계로 나아가게 하였다.

더위가 짙푸른 나뭇잎 위에 뚝뚝 떨어지는가 싶더니 한 차례 폭풍우가 지나고, 어느 사이 아침저녁으로 서늘한 기운이 감돌았다. 계곡물의 차가움도 달라지기 시작하였다. 바야흐로 가을이구나! 생각을 여미는 찰나, 낙엽이 물들었다. 마치 봄날에 피어나는 꽃처럼 처음에는 가만스레 한 잎 두 잎 물들기 시작하더니 마침내 온산이 타는 듯 붉게 물들었다.

만산홍엽! 한낮 낙엽 위에서 뒹굴다 보면 이 세상의 지상낙원이 따로 없었다. 혼자 외로움을 씹을지라도 마음 즐겁다는 말이 이런 데서 나오는가 싶었다. 그와 함께 지난날을 까무룩히 잊을 수 있어 마음 가벼웠다. 텅 빈 상태. 그 빈 가슴에 더는 무엇을 담을 수 있겠는가. 그 어떤 색채로도 담을 수 없는 단풍 든 산천. 그게 텅 빈 소유자의 누림이었다.

다만, 한 가지 아쉬운 점은 너무 빨리 낙엽이 진다는 것이었다. 어느새 찬서리가 너럭바위 위에 내려앉는다 싶었는데, 낙엽이 바람에 나뒹굴었다. 푸석하게 발에 밟히는 낙엽. 자연의 순환과정의 어쩔 수 없는 현상이지만 싸락눈이 앙상한 나뭇가지를 비질하였다. 산꿩도, 산새들도 어디로 갔는지 그야말로 적막강산이었다. 계곡물 소리만 처량하게 시린 기운을 실어냈다. 그렇다고 마음이 마냥 황량한 것은 아니었다. 모닥불을 피우고 그 온기로 밤을 지새우며 차가운 밤하늘의 별들을 헤아렸다.

첫눈이 내리던 날, 어찌나 순백하던지 시리디시린 눈송이를 한입 깨물었다. 그 순간, 배꼽 아래에서 형언할 수 없는 기운이 피어올랐다. 계곡의 음지에 첫눈이 채 녹아내리지 않았는데 눈이 계속 내렸다. 눈 위에 눈이 쌓이고, 그로 인하여 세속과는 완전히 고립되어 어느 무인도를 연상시켰다. 정말이지, 눈은 바다요, 너럭바위는 하나의 조그마한 섬이었다. 그는 고립무원한 상태에서 추위를 이겨내기 위해 정신과 육신을 단련시켰다. 어쨌거나, 긴 겨울 추위는 어느 계절보다 견디기 어려운 시련이었다. 벌거벗은 나목도 얼어붙고, 눈속에 파묻힌 바위들도 추위에 떨었다. 밤하늘의 별들도 추위를 탔다.

어느 날이었다. 이제는 세월의 흐름도 잊은 채, 하마 봄기운이 소리없이 얼음장 밑을 흐르는 계곡물 소리에 묻어나지 않을까, 기다리는 마음으로 새벽별을 헤아리는데, 너럭바위 밑에서 가냘픈 짐승의 신음소리가 들렸다. 처음에는 섬뜩한 기분이 들었다. 신음소리는 보다 절박하게, 처절한 단말마로 다가왔다. 가냘프고 절박한 신음소리. 그는 마음을 진정시키고 나서 울음소리의 실체를 찾았다. 뜻밖에도 고라니가 탈진상태로 새끼를 낳고 있었다.

어쩔끄나, 이 추운 날에 새끼를 낳다니! 조심스럽게 일어나 다가갔다. 다른 때 같으면 지레 겁을 집어먹은 나머지 줄행랑을 칠 것인데, 애잔한 눈길로 눈망울을 굴렸다. 자궁 밖으로 쏟아낸 새끼를 핥아 줄 기력마저 잃은 듯하였다. 그는 수건으로 새끼를 정성스레 닦아 주었다. 그런데 새끼의 숨결이 뛰지 않았다. 추위를 이겨내지 못하고 태어나자마자 숨을 거둔 것이다.

그 사이 어미는 어떻게 정신을 차렸는지 후다닥 뛰쳐 달아났다. 순식간이었다. 산고의 고통에서 채 벗어나지 못하였는데 도망치듯 달아나다니……. 새삼 인간과 짐승이 같은 하늘 아래 숨 쉬고 살면서도 하나가 될 수 없다는 쓰디쓴 자괴감이 들었다. 그는 죽은 새끼를 언 땅에 고이 묻어 주었다. 참으로 마음이 황량하였다.

고라니 새끼의 죽음은 오래도록 머릿속에서 떠나지 않았다.

전쟁터에서 더 참혹한 죽음들을 보았는데도 그 무언가 애잔한 여운이 마음을 아릿하게 하였다. 그런 가운데 봄기운이 소리 없이 가슴에 젖어들었다. 사계절을 온몸으로 받아들였구나. 그는 긴 겨울에서 벗어난 여유로움을 누렸다. 이제 온전히 산을 껴안고 자연인으로 산화하고 싶었다. 그런데 그 같은 염원이 순식간에 균열이 갔다. 그녀가 찾아든 것이다. 일 년만에 사람 구경을 한 셈이었다.

"저예요."

놀란 눈으로 바라보는 그에게 우수에 젖은 나직한 목소리로 말하였다. 그 음성은 여러 갈래의 감정이 젖어 있었다. 그는 일 년 만에 사람 구경을 하였는지라 도무지 어리둥절하였다. 그는 찬찬히 뜯어보았다. 낯익은 얼굴 같기도 하였고, 전혀 생소한 모습이기도 하였다. 눈매가 퍽 낯익었다. 아, 저 눈매! 그는 무념의 공간 속에서 와락 그녀를 껴안았다.

"여기를 어떻게 알고……?"

그는 갑자기 마음이 복잡해졌다. 그녀가 나타나리라고는 꿈에도 생각지 못하였다.

"마을 노인에게 물었더니 이곳을 가리키면서 당신이 죽었는지, 살았는지 모르겠다고 머리를 가로젓더군요."

"죽은 자의 길로 찾아들었으니 당연하지요."

그는 쓸쓸레 웃음을 지었다. 마을에서는 구제할 수 없는 불치의 인간으로 가름하지 않았던가.

"내려가요."

"아니오. 이곳이 나의 마지막 안식처요."

"안 돼요. 제가 곁에서 보살펴 드리겠어요. 혼자 버려둘 수는 없어요."

"그간의 세월이 얼만데, 당신도 새 삶을 꾸리지 않았소?"

"이렇게 돌아오지 않았어요. 더 이상 묻지 말아요. 살아도 같이 살고 죽어도 같이 죽기로 하였어요."

그녀는 그 말속에 그간의 세월을 묻어 버렸다. 끝내 눈가에 눈물을 비쳤다. 가엾은지고. 더 좋은 사람을 만나 행복하게 잘 살기를 바랐는데…….

"그건 내가 바라던 바가 아니오."

"저를 더 이상 내몰지 말아요."

그녀는 그를 떠나보내고 나서 마음이 편치 않았다. 일에 시달린 나머지 마음병이 시도 때도 없이 찾아왔다. 그를 생각하면 근심의 그림자가 눈앞에 다가왔다. 그를 멀리 버린 것 같아 죄스러운 마음이 들었다. 이건 온전한 생활이 아니다. 그녀는 고심 끝에 식육점을 정리하고 그를 찾아나섰다. 병마로 쓰러졌는지, 간 곳을 모르면서도 아직도 병마에 시달리고 있다면 그의 곁에서 그를 지켜 주기로 하였다. 그가 갈 만한 곳은 다 찾아보았다. 그리고 마지막으로 그의 고향땅에 이르렀다.

천신만고 끝에 만난 극적인 재회였다. 가슴 파릇하게 떨릴 줄 알았는데, 산의 형자로 변한 그를 발견한 순간 눈물이 솟구쳤다. 저렇게 살아 있구나! 그녀는 그를 등 떠밀듯 하며 산을 내려왔다. 그리고 잡초로 우거지고 곰팡내 습습한 그의 옛집에 들었다.

"너럭바위 주위에 산나물이 지천이네요."

"우선 좀 앉아 쉽시다. 그간 많이 변하였을 것이라 생각했는데, 그대로요. 아직도 사계절을 지새웠던 흔적이 남아 있는 듯해요."

그는 너럭바위 위에 자리를 틀고 앉았다. 포근한 기운이 감돌았다. 오랜 세월 비워 두었던 옛집을 찾아온 듯한 정감이 서리었다. 신선한 봄 향취가 더욱 가슴을 넉넉하게 하였다. 그녀는 그의 곁에 다소곳하게 앉으며 도시락을 펼쳤다.

"제가 찾아오지 않았더라면 아직도 여기서 세상을 잊었을 게 아니에요?"

"그랬을 거요. 세상 인연을 끊고 올라왔으니까."

"제가 찾아온 게 잘못이었나 모르겠어요."

"무슨 말이오. 내 가슴에 다시금 소생의 길을 지펴 주지 않았소. 여한이 없어요. 당신의 존재야말로 내 영혼의 별빛이오. 모두가 나를 외면하는 가운데 당신의 헌신적인 사랑이 눈물겨울 뿐이오."

그는 그녀의 체온을 따스하게 느껴 안았다. 그동안 그녀는 지극정성으로 그를 간호하고 위로해 주었다. 불치의 병고를 짊어진, 회생불가능한 환자를 한결같은 마음으로 돌본다는 것은 보통 인내심이 아니고서는 견디기 어려운 일이었다.

"그렇게 생각해 주시니 행복하네요. 좀 드세요. 산새소리도 듣기 좋고 계곡물 소리도 청아하게 봄 향기를 묻어 내고요."

"허허, 시인의 마음이오."

자연과의 공감. 이보다 더 아름다울 수가 있으랴. 그녀는 도시락을 들고 잠깐 쉬는 동안 산나물을 채취하였다. 그는 조용히 일어나 계곡으로 내려갔다. 계곡물은 여전히 향기로움을 지닌 채 차가웠다. 물 한모금으로 입안을 헹구고 얼굴을 씻었다.

"물맛이 시원하죠? 생각 같아서는 오늘밤을 여기서 지새우고 싶은데, 너무 즉흥적인가요?"

어느 틈에 내려왔는지 그녀가 곁에 쭈그려 앉으며 계곡물에 손을 담갔다.

"그것도 괜찮지 싶소."

그는 그녀의 즉석 제안에 찬성하였다. 두 사람은 계곡물에 손과 발을 씻고 너럭바위로 올라왔다. 여린 잎새 사이로 서녘 해가 비쳐 들었다. 두 사람은 다정하게 앉아 그 같은 풍경을 가슴에 채색하고, 밤하늘의 별들을 헤아리며 한밤을 지새웠다. 말이 필요 없었다. 서로의 따스한 체온을 감싸 안으며 새벽을 맞이하였다. 차가운 산기운이 머리에 내려앉고, 산새들이 새날을 반겼다. 아침 해가 훨씬 밝아서야 두 사람은 미명에서 깨어나 산에서 내려왔다. 그는 엄나무 한 그루를 기념식수로 캐 왔다.

늦은 아침을 들고 그는 엄나무를 뜰 가장자리에 심었다. 그 사이 그녀는 이웃집 할머니와 사립 밖 양지바른 곳에 앉아 채취해 온 산나물을 다듬었다. 이웃집 할머니와는 모녀지간처럼 지내며 서로의 외로움을 나누어 가졌다. 할머니는 혼자 외롭게 지내는 적적함을 달랬고, 그녀는 시골생활에 필요한 반찬새며 된장 간장 담는 법까지 배웠다.

그는 마루에 앉아 방금 심은 엄나무를 감상하였다. 한낱 나무도 인연 따라 뿌리내리는 곳이 있음에랴. 그녀에게 이끌려 산을 내려오며 기념식수로 심었던 꾸지뽕나무는 벌써 튼실하게 뿌리를 내렸다. 그렇게 지긋한 눈으로 나무들을 어르고 있는데 차 소리가 났다. 가스 배달차였다.

"형수님께서 가스를 주문하시더군요."

평소 무던하게 지내는 후배가 가스통을 교환해 주고 차 시동을 걸었다. 차를 돌리기 위해 후진하는 순간, 그는 모둠으로 자리에서 일어났다. 차가 이웃집 할머니와 그녀를 덮친 것이다. 눈 깜짝할 사이였다. 그가 내달았을 때는 이미 시간이 정지된 상태였다. 그녀는 할머니를 부둥켜안은 채 차 뒷바퀴에 깔렸다. 가스차에 두 사람을 싣고 읍내 병원으로 내달렸으나, 그녀는 가는 도중에 숨을 거두었다. 졸지에 일어난 참사였다.

그녀를 잃은 그는 아무것도 보이지 않았다. 세상이 이렇게나 허무할 수가 없었다. 그녀를 화장한 다음, 허깨비 같은 모습으로 그녀의 유골을 안고 너럭바위에 오른 그는 산을 내려오지 않았다.

그의 시신을 발견한 것은 그로부터 열흘 뒤였다. 그녀의 유골을 안고 산을 오른 뒤 행방이 묘연하자 마을사람들은 파출소에 신고하고, 경찰과 함께 그를 찾아 나섰다. 온 산을 찾아 헤맨 끝에 너럭바위 위에 그녀의 유골을 가슴에 안고 단정히 누워 있는 그를 발견하였다. 너럭바위와 하나가 된 너무나 평온한 모습이었다.

"이 바위는 옛날 나무꾼들이 쉬어 가던 곳 아닌가?"

"그랬었지. 저 위 광대코까지 땔나무를 하러 다녔으니께."

노인들은 젊은 시절을 떠올리며 오랜만에 시큰한 추억을 깨물었다.

"그런데 제가 보기에는 이 바위가 예사 바위가 아닙니다. 자세히 보니 고인돌이 틀림없습니다."

함께 수색에 참여한 경찰관이 새로운 발견이라는 듯 진중하게 말하였다.

"이게 고인돌이라고? 이 깊은 산속에 고인돌이라니?"

"맞습니다. 저 신석기시대 수렵생활을 하던 우리네 조상들의 주거지였는지 모릅니다. 광대코 바위굴이 그걸 말해 주지 않는가요?"

"그럴 리가?"

노인들은 무슨 씨나락 까먹는 소리냐며 반신반의하였다.

"고인돌이 틀림없습니다. 이 정도 규모의 크기라면 세력이 상당한 족장의 무덤일 것입니다. 주위에 흩어져 있는 바위들도 고인돌일 가능성이 높고요."

"그렇다면 저 위에 누워 있는 시신은 전생의 족장의 영혼인지 모르겠네."

"그려, 그려. 월남전에서 무공훈장을 받은 오늘의 족장인지도 모르지. 따로 장례를 치를 필요가 없겠네."

마을사람들은 숙연한 모습으로 그의 극락왕생을 빌었다.

진경산수 8

짱뚱어탕

"오늘은 짱뚱어탕을 먹으러 갑시다."

"짱뚱어탕이요?"

한 선생은 별로 내켜하지 않았다. 모처럼 만나 짱뚱어탕이라니. 무언가 시덥잖은 생각이 들었다.

"이곳에 왔으면 철은 좀 지났지만 짱뚱어탕을 맛보아야지요. 더구나 칠십 년 넘게 대를 이어 내려온 집이에요."

"짱뚱어탕을 칠십 년 넘게요?"

한 선생은 윤 과장의 말에 호기심을 나타냈다. 흔치 않은 전통이지 않은가.

"담백하니 별미예요."

이 면장도 곁에서 추임새를 넣었다. 윤 과장은 한 선생의 등을 떠밀듯 일방적이다 싶게 그쪽으로 방향을 잡았다. 미식가로서 안목이 깊은 윤 과장인지라 탓하지 않았다. 향토음식이라면 누구보다도 애틋한 정서를 지니고 있었다. 어려서 우리 할머니께서 해주신 된장국만큼 아련한 게 없어요. 윤 과장은 향토음식을 대할 때면 으레 그 말을 입에 담았다. 윤 과장은 국도를 한참 달려 읍내로 꺾어 들었다.

"이왕이면 강 읍장도 모십시다. 얼마 전에 부임을 하셨다는데, 저는 모르고 있었어요."

한 선생은 강 읍장이 부임하던 날 부산을 다녀오는 바람에 축하인사를 하지 못하였다. 그게 새삼 마음에 다가왔다. 강 읍장과는 면장으로 재임하였을 때 돈독한 우정을 나누었다. 순수함이 묻어나는 사람이었다.

"그렇지 않아도 연락을 했는데, 취임인사차 바쁜 모양이오. 도저히 시간을 낼 수 없다나요. 축하인사를 다음으로 미루었어요."

이 면장이 따사로운 마음으로 말하였다. 그런 줄 알았으면 사전에 약속이라도 할 걸. 오늘의 행보는 즉흥적이었다.

"저게 선근(善根)다리입니다. 그 유래가 지극하여 이번에 군(郡)에서 복원을 하였어요."

"그래요?"

한 선생은 윤 과장이 가리키는 다리를 무념스레 바라보았다. 삼거리 교차로 입구, 들고 나는 초입이어서 차량의 분진으로 신선함을 주지 못하였다.

"한 선생은 선근다리의 유래에 대해 잘 모를걸요."

이 면장은 한 선생의 마음을 꿰뚫어 보았다. 윤 과장은 선근다리 바로 지척, 허름한 향토음식집으로 들어섰다. 하긴 역사와 전통을 지니고 있는 음식집은 세월의 때가 묻은 만큼이나 빛바랬다. 대체로 겉치장이 호화스러울수록 실속이 없었다. 한 선생은 기대 반으로 뒤따라 들어섰다. 그런데 웬걸, 예약손님들로 앉을 자리가 없었다. 평일인데도 이렇게 손님들이 많다니……. 세월을 머리에 이고 있는 주인은 바쁜 가운데 윤 과장을 반겼다.

"오늘은 자리가 그러네요."

"저기, 에어컨 밑에 자리가 있군요."

"그곳은 자리가 불편할 텐데요. 철이 철인지라 에어컨을 켜지는 않지만."

"괜찮습니다. 가리고 따질 계제가 아니지 않습니까."

윤 과장은 불만 없이 흔감한 얼굴로 의자를 끌어당겼다.

"한 선생은 태어난 곳이 바닷가라 했지요?"

"갯벌이 차지디차진 바닷가지요."

이 면장의 물음에 한 선생은 질펀하게 드러난 썰물진 갯벌을 눈앞에 떠올렸다.

"그럼, 짱뚱어 맛을 제대로 알겠는데요."

"아니오. 오늘 처음 맛보지 싶습니다."

"뭐라고요? 도무지 이해가 되지 않아요."

"그 바닷가에는 짱뚱어가 살지 않는지 모르지요."

이 면장의 놀람에 윤 과장은 대수롭지 않게 받아넘겼다.

"짱뚱어를 너무 많이 보아서일 게요."

한 선생은 잊고 있었던 어린 시절이 밀물처럼 안겨 들었다. 썰물이 지면 질펀한 갯벌에 짱뚱어가 콩 튀듯 하였다. 사람이 가면 졸급하게 갯벌 속에 숨어들었다. 너무나 흔한 까닭이었을까, 짱뚱어는 고기 취급도 하지 않았다. 닭이나 개에게 던져 주거나, 두엄더미에 내버렸다. 그렇던 짱뚱어가 어느 날부터 귀한 몸이 되었다.

"너무 흔하면 제대로 대접을 받지 못하지요. 어디 짱뚱어뿐이오. 쥐치, 도루묵, 양미리 따위도 한껏 몸값을 부풀리지 않습니까. 어쨌거나, 이 집은 천덕꾸러기 짱뚱어 시절부터 오로지 짱뚱어탕만을 고집하였어요."

윤 과장은 밑반찬이 나오자 입맛부터 다셨다. 뒤이어 나온 짱뚱어탕은 시골에서 흔히 맛볼 수 있는 먹거리 이상은 아닌 듯싶었다. 된장을 알맞게 풀어 넣고 시래기와 토란줄기를 넣어 끓인 토장국이었다. 얼마나 푹 고았는지 살점 하나 없었다.

"맛이 어떠시오?"

"의외로 맛이 진합니다."

한 선생은 불현듯 징경징경 갯벌을 뒤집어쓴 우천네가 눈앞에 다가왔다.

우천네는 지지리도 가난을 대물림하였으면서도 생산력은 좋아 줄줄이 자식을 여덟이나 낳았다. 젓배와 돌림병으로 죽은 핏덩이 어린자식까지 합하면 열을 낳은 셈싶은데, 어쩔끄나, 세상에. 쉰 살에 열한 번째 자식을 낳았다. 마을사람들은 그 아이를 쉰둥이라고 하였다.

"뭔 여편네가 부끄럽게시리 쉰 살까지 애를 퍼질러 낳을 건 뭔가."

"일 년 열두 달 짱뚱이를 장복해서 그럴 거여."

"워메, 그게 뭔 괴기라고. 지천으로 널린 게 짱뚱이인디 무슨녀러 생산력을 보태준당가?"

"그런 소리 말게나. 짱뚱이랄 놈들이 갯벌에서 얼마나 활기차던가. 그 정력이 고스란히 옮겨 간 거여."

"워따, 건넛마을 조가는 사시장철 인삼이다, 녹용이다, 용봉탕이다, 개소주다, 무슨무슨 쓸개주다, 심지어는 개구리, 뱀술까지 뱃속에 집어넣어도 그녀러 여편네 말을 들어 볼작시면 헛방귀만 뀐다고 하데. 갯벌 뒤집어쓰고 사는 짱뚱이가 정력에 좋으면 얼마나 좋것는가?"

"그런 소리 하들 말드라고. 뻘 속에 사는 낙지를 보소. 비리묵은 소랄 놈도 막걸리 한 사발에다 산낙지를 먹일라치면 없던 힘이 솟구치지 않던가배. 저, 웃마실 쇠천네 수소 보소. 사흘이 멀다 하고 막걸리에다 산낙지를 멕인께로 이 근방 암내낸 소들을 맡아 놓고 울큰불큰 올라타지 않던가."

"낙지는 낙지고, 짱뚱이는 짱뚱이제. 아무리 갯벌 뒤집어쓰고 산다지만 근본이 다르지 않는가."

"그나저나 저것 좀 보소. 우천네, 질펀한 갯벌에서 짱뚱이하고 쉰둥이하고 셋이서 드잽이하는 거. 영판 살판났네."

아닌 게 아니라 우천네는 썰물이 지자 축 늘어진 젖꼭지를 쉰둥이로부터 떼어 놓고 매차게 갯벌로 나갔다. 어메, 나도 갈라네, 나도 가! 쉰둥이도 뒤질세라 코를 홀쩍거리며 기를 쓰고 어미의 뒤꽁무니를 부여잡았다. 다섯 살배기면 웃자란 언니들과 놀 만도 한데 나오지도 않는 시들은 젖꼭지를 아귀차게 물고 늘어졌고, 한시도 지어미 곁을 떠나지 않았다. 때로는 귀찮을 법도 하건만 우천네는 아이고, 우리 쉰둥이, 하며 바다로, 들로, 산으로, 강아지처럼 매달고 다녔다.

하여간, 우천네는 짱뚱어만 잡았다. 그 흔한 문저리, 장어, 게, 바지락, 꼬막, 낙지 따위도 손쉽게 잡을 수 있는데 고집스레 짱뚱어만을 잡았다. 다른 해산물은 짱뚱어를 잡다가 얻어걸린 부수입쯤으로 여겼다. 별명이 장비인 서방은 산판을 전전하며 나무를 켰다. 집을 나설 때면 큰 톱을 짊어진 형상이 영락없이 장비였다. 그렇게 집을 나가 산판을 떠돌다 집에 돌아오면 대책없이 우천네 아랫배가 불렀다. 어쩌면 줄줄이 내질러 놓은 자식들도 제대로 식별하지 못하지 싶었다.

사정이 그렇다 보니 우천네로서는 남들처럼 가장네 앞세우고 바다에 나가 힘든 일을 할 수가 없었다. 가까운 갯벌에 나가 만만한 짱뚱어나 잡아다 자식들 배를 채워 줘야만 하였다. 매일매일 잡아도 짱뚱어는 발에 밟혀 가장 손쉬운 노획물이었다. 짱뚱어가 우천네에게 희생양이 된 것은 먹이사슬의 무엇이라 하겠지만, 정작 짱뚱어의 수난은 흉년이 들 때였다. 뭍에서 먹을 것을 찾아 바닷가로 떼 지어 몰려와 짱뚱어고 뭐고 가릴 것 없이 타작하듯 씨를 말리는 뭍사람들이었다.

"워메, 저것들이 짱뚱이 씨를 말리네. 저러다가는 우천네 볼 것 없이 굶주리게 생겼네."

마을사람들은 부황 든 몰골로 아귀다툼하듯 갯벌에 엎어져 있는 뭍사람들을 향하여 또르르 눈을 흘겼다. 그러나 마을사람들의 염려와는 달리 뭍사람들이 물러가고 나면 언제 그랬느냐는 듯이 짱뚱어가 콩 튀듯 하였다.

"조금 전 선근다리를 말씀하셨는데, 이 집과 관련된 사연이라도 있습니까?"

한 선생은 반주를 들며 설핏 선근다리를 창문 너머로 바라보았다.

"옛날 선근이라는 사람이 늙은 아버지와 살고 있었어요."

이 면장은 구수한 입담으로 선근다리의 유래를 이야기하였다. 이 면장은 새파란 젊은 시절 벌교읍 사무소에 근무한 적이 있다고 하였다.

선근은 두 살 때 어머니를 여의었다. 아버지는 홀로 선근을 길렀는데, 선근은 자라면서 효성이 지극하였다. 눈 쌓인 산봉 우리처럼 아버지의 머리칼이 하얗게 세월의 두께를 더해 갈수록 지극한 효심으로 아버지를 위하였다.

그런데 어느 날부터 허리 휘어진 아버지가 밤이면 집을 나가곤 하였다. 어디를 가는지 날이 휘붐한 새벽이면 이슬에 젖어 돌아왔다. 이를 이상하게 여긴 선근은 하루는 아버지의 뒤를 따라 가 보았다. 아버지는 차디찬 내를 건너 조그마한 초가집으로 들어갔다. 가볍게 헛기침을 하자 기다리고 있었다는 듯 찌그럭 방문이 열리며 머리 허연 할머니가 맞아들였다. 두 노인네는 정답게 마주 앉아 담배를 나누어 피우며 밤참을 사이에 두고 가만가만 정담을 나누었다.

"오늘도 갯벌에 나갔는가 보구려."

"제가 손쉽게 해 드릴 게 따로 있어야지요. 개천 따라 내려가노라면 널려진 갯벌에 뛰노는 짱뚱이나 잡아다 탕이라도 해 드려야지요."

"짱뚱이탕이 얼마나 진국이오. 다른 사람들은 거들떠도 보지 않으나, 임자의 손맛은 천하별미요. 오늘은 술맛 또한 그만이오."

"좁쌀을 좀 넣고 빚었더니 빛깔이 좋군요."

"내가 늙은 말년에 임자를 만나 이리 호강이오."

"다 인연 아니겠수."

"뒤늦게 만난 것도 베갯머리 인연이나 진배없소."

두 노인네는 창밖이 훤히 밝을 때까지 오순도순 서로를 아

껴 주고 늙음을 한탄하며 지새웠다. 짱뚱이탕이라? 선근은 그
날부터 남모르게 돌을 날라다 다리를 놓았다. 늙은 아버지가
신을 벗지 않고도 냇물을 건널 수 있게 하였다. 그리고 돌다리
를 놓는 틈틈이 짬을 내어 갯벌에 나가 짱뚱어를 잡아 할머니
의 수고를 덜어 주었다.

"임자, 누군가 고맙게도 마른 발로 내를 건널 수 있게 개천
에 돌다리를 놓았지 뭐요. 한편으로는 이상하기도 하고 말이
오."

"이상하기는 저도 마찬가지요. 누가 고맙게도 짱뚱이를 잡
아 삽작에다 걸어 놓지 뭐요. 참 요상도 하지요."

"허허, 그래요? 어느 마음씨 선량한 사람이 매일 늙은 할미
가 갯벌에 나가 짱뚱이 잡는 게 안스러웠던가 보오."

"금메 말이우. 동정도 여러 종류라더니 별스런 동정도 다 받
아 봅니다."

두 노인네는 말없이 선행을 베푼 사람에게 감사하며 짱뚱
어탕을 앞에 놓고 한밤 외로움을 덜었다.

"그러니까 선근의 효성을 기리기 위해 오늘의 다리를 놓았
군요."

한 선생은 다시금 선근다리를 눈여겨 바라보았다. 분진을
일으키며 넘나드는 차량의 소음 속에 전설은 묻히어 있었다.

"얼마나 아름다운 본보기오."

"그럼, 이 집은 그 옛날 할머니가 짱뚱어탕을 끓였던 그 초가집 자리인가요?"

"그렇게 의미를 부여하니까 또 그렇게 인식됩니다."

"상상은 자유요."

이 면장의 말에 윤 과장은 아리송한 얼굴로 나름대로의 상상에 맡겼다.

"선근다리와 유사한 이야기를 저도 할머니로부터 들었어요. 할머니가 들려준 이야기는 늙은 아버지가 아니라 일찍 남편을 여읜 어머니였어요."

청상과부는 아들 셋을 홀로 길렀다. 그런데 어느 날부터인가 아이들이 잠이 들면 살며시 집을 나섰다. 어머니의 밤 나들이를 눈치챈 아이들은 달 밝은 겨울밤 어머니의 뒤를 미행하였다. 어머니는 마을을 벗어나 버선을 벗어 들고 개울을 건너 서당에 들어섰다. 방문이 열리며 홀아비 훈장이 어머니를 맞아들였다. 두 사람은 밤이 깊도록 정회를 나누었다. 어머니는 둥근달이 서창을 비추자 서당을 나섰다. 그리고 차가운 냇물을 맨발로 건넜다.

아이들은 다음 날 머리를 맞대고 의논하였다. 어머니가 차가운 내를 맨발로 건너게 할 수 없다는 결론에 이르렀다. 아이들은 잠든 척하다가 어머니가 집을 나서자 재빨리 어머니를 앞질러 가 어머니가 버선발로 내를 건너가게끔 냇가에 무릎을 꿇고 다리를 만들어 주었다. 고맙기도 하지. 누가 다리를 놓아

주었을꼬? 어머니는 돌아올 때도 아이들의 등을 밟아 내를 건너며 눈물겨워 하였다.

"그 이야기는 마음을 더 감동 깊게 합니다."

"지방마다 비슷한 효행담(孝行談)이 있지 싶습니다."

"아무튼, 짱뚱어와 가난한 서민과는 얼개그물처럼 친숙하게 비끄러맬 수 있겠어요."

"그건 또 무슨 발상이시오?"

"짱뚱어만 봐도 드넓은 바다보다도 갯벌을 뒤집어쓰고 살지 않아요. 우리네 농투산이들도 흙먼지 둘러쓰고 삶을 일구고요."

"듣고 보니 그럴듯한 공통점이 있어요. 흙담으로 둘러친 우리네 삼간초옥. 갯벌에 둥지를 틀고 갯벌을 먹고 사는 짱뚱어와 흙냄새 나는 삶의 공간 속에서 흙을 갈아먹으며 삶을 누리는 민초들. 드넓은 바다와 대지 위에서 자족하며 공생하는 삶이 닮은꼴로 다가와요. 그래서 친근하게 입맛을 돋우는가 봅니다."

윤 과장은 아슴하게 다가서는 어린 시절을 낚아 올렸다.

선근다리 밑을 흐르는 열가천은 낙안강(樂安江)에 이르고 그 강물은 이내 바다로 흘러드는데, 무성한 갈대밭 아래 펼쳐진 드넓은 갯벌은 가난한 사람들의 삶의 터전이었다. 갈매기와 게들과 짱뚱어와 한데 어울려 갯벌을 뒤집어썼다. 잡아먹

히고 잡아먹는 살벌한 살육의 현장이 아니라 서로가 삶과 죽음을 나누어 갖는 공생의 관계였다. 이른 봄부터 겨울 그 살벌한 추위 속에서도 공생관계는 계속되었다.

해동과 더불어 새봄이 돌아오면 보릿고개의 주린 배를 채우기 위해 산으로 들로 바다로 나갔다. 그중에서 가장 만만하고 푸짐한 먹을거리가 있는 곳은 바닷가 갯벌이었다. 아지랑이 피는 강둑에서 새 쑥을 캐고 냉이와 달래 머위 따위를 채취하는 동안 썰물이 지면 아낙네들은 갯벌로 나갔다. 갯벌은 언제 보아도 무한한 생명력으로 넘쳐났다. 농게, 방게, 칠게를 가리지 않고 바구니에 주워 담고, 문저리, 장어, 낙지, 주꾸미도 마다하지 않았다. 그러나 뭐니뭐니해도 푸짐한 것은 툭 튀어나온 눈망울과 큰 입을 자랑하며 갯벌을 누비는 짱뚱어였다. 짱뚱어는 주꾸미와 함께 봄철 입맛을 돋우는 별미 중의 별미였다.

"저것 보소. 저 노인네, 아직도 기력이 성성한 모습으로 짱뚱이를 낚아 올린 거. 일평생 사시사철 갯벌에 나와 짱뚱이 사냥이여."

"근께, 짱뚱이 농사로 아들을 대학까지 보냈잖았는가. 노인네에게는 우골탑(牛骨塔)이 아니라 짱뚱이탑이여."

"하여간 재주도 좋아이. 이깝도 없이 어떻고롬 저렇게 낚싯줄 끝에 갈고리를 매달고서 홀치기 하댓기 짱뚱이를 후려쳐 낚아 올릴 수 있을게?"

"그런께 재주가 좋다고 하제. 저 영감탕구 죽고 나면 누가 대를 이을란가 모르겠네."

"자네 아들이 벌써부터 눈여겨보면서 짱뚱이를 쫓아다니든디."

"저렇게 낚시질을 안 해도 얼마든지 짱뚱이를 잡을 수 있고, 아닌 말로 누가 젊은 놈이 짱뚱이 잡이로 나서겠는가. 갯벌 뒤집어쓰고 사는 것도 우리로서 만족해야제."

"모르는 소리 말소. 이 땅에 살면서 어찌 갯벌을 외면할 수 있당가. 대처로 나가면 모를까."

"다들 능력만 있으면 대처로 나가야제. 대대로 가난을 물려받고 살아사 쓰것는가. 가난 면하고자 다들 허리띠 졸라매 감시럼 아등바등 아들딸 가르치지 않는가."

"허긴, 시절이 젊은 애들을 대처에서 부르네."

아낙네들은 발치에 밀물이 들어올 때까지 갯벌을 뒤집었다. 밀물에 쫓기듯 강가로 나와 허리를 펼라치면 어느새 해는 서산머리에 기울었다. 그렇게 보릿고개를 넘으면 여름 햇살이 이마를 부시었다.

여름철은 아이들 세상이었다. 새까맣게 탄 몸뚱이는 짱뚱어와 너무도 닮았다. 아이들은 바다에 뛰어들어 자맥질을 하고, 갯벌이 드러나면 짱뚱어와 드잡이를 하였다.

"야, 짱구. 니는 짱뚱이와 돌림자 아니여? 몇 촌이간디?"

"임마야, 그런 너는 짱뚱이와 어떻게 된 거냐?"

"내가 어때서?"

"우헤헤, 퉁방울로 나온 니 눈깔을 보그라. 짱뚱이가 니를 보면 아재요, 아재요, 하것다."

"요녀러 새끼, 내 눈이 어때서?"

"퉁방울 눈만 닮았냐? 입은 또 어쩌고. 짱뚱이 입 아니여."

"니, 말 잘했다."

"그래, 맞장 한번 떠볼래?"

"임마들아, 느그 둘이 한데 어울린께로 짱뚱이들이 구경났다고 폴짝폴짝 뜀시러 누가 이기나 응원을 하지 않냐."

"야야, 밀물 들어온다. 입씨름 그만하고 어서 깡통구이나 하자."

또래들이 말리는 바람에 둘은 눈에 쌍심지를 켜다 말고 시부저기 깡통구이를 장만하였다. 아이들은 발에 밟히는 짱뚱어를 비롯하여 꼬막, 칠게, 바지락, 문저리 따위를 손에 잡히는 대로 부지런히 깡통에 주워 담았다. 그리고 밀물이 갈대밭에 이를 즈음 염가네 마누라 엉덩짝만 한 모래밭에 둘러앉아 모닥불을 피우고 깡통을 올려놓았다.

"히잇, 물 끓는 깡통 속에서 짱뚱이와 문저리, 칠게가 춤을 추는 것 좀 봐라. 가관이다, 가관이여."

"얌마, 끓는 물에 죽어 가는 몸부림이 그렇게도 보기 좋냐?"

"그럼, 부처님, 물탕 지옥에서 죽어 가는 이놈들을 극락세계로 보내시고, 하나님은 천당으로 인도하소서, 하고 빌어 줄까?"

"부지깽이로 목탁 대신 깡통을 치는 니는 머리 깎으면 똑소리 나겠다야."

"시건방 떨지 말고 빨리들 둘러앉어. 우리 뱃속이 극락이고 천당인께."

"아따, 맛있다. 저 영감탕구는 또 냄새를 맡았는갑다. 귀신 씨나락 까묵듯 우리들 깡통구이를 넘보다니."

"연기가 말해 주잖어. 속풀이에는 그만이라고 하들 않어."

"저 영감탕구 자지는 대가리가 훌렁 까진 게 꼭 짱뚱이를 닮았드만."

"우리 아부지가 그러는디 술집 여자들이 짱뚱이 닮은 영감탕구 연장 망태에 사죽을 못 쓴다 하더라."

"근께 돈도 없음시러 맨날천날 곤드레만드레 술집 나들이구나."

아이들은 선근다리께에서 비칠걸음으로 내려오는 거적대기 영감을 할끔거리며 깡통 속에 코를 박았다.

가을은 아무래도 쓸쓸한 기운이 돌면서 갯벌이 한산하였다. 꼬막과 낙지가 제철인지라 짱뚱어는 뒷전이었다. 짱뚱어탑을 쌓아올린 노인네나 여전히 갈고리 낚싯대를 휘둘렀다.

"여기 보소. 요놈들도 겨울을 나겠다고 들어가는 입구에다 흙담을 둘러친 거."

"우리들 흙담집을 똑 닮았네."

"그려. 짱뚱이나 우리나 깊은 바다로 나가겠는가, 대처로 나가겠는가."

아낙네들은 콩콩 허리를 펴며 아득하게 펼쳐진 갯벌을 뿌듯한 마음으로 바라보았다. 참으로 갯벌은 무한한 생명력을 키웠다. 아무리 헤집고 다녀도 다음 날이면 여전히 그 모습이었다.

"갯벌을 닮은 짱뚱어의 피부빛깔하며, 커다란 입은 보리밥을 미어터지게 욱여넣는 농부의 모습을 연상케 해요."

이 면장은 말해 놓고 나서 무엇이 우스운지 넙죽 웃음을 사려물었다.

"이렇게 되면 짱뚱어탕에 대한 예찬론을 다시 써야겠어요. 일어납시다. 바람도 쏘일 겸 중도방조제로 해서 진토재에 오릅시다. 그곳에 오르면 이곳 선근다리가 한눈에 내려다보일게요."

윤 과장의 제안에 선근다리를 비껴 올라 가을을 이고 있는 갈대밭을 눈여겨보며 중도방조제를 거닐었다. 갈대꽃은 금방이라도 바람에 흩날릴 듯 바람결에 서걱였고, 지난날의 드넓은 갯벌이 황금들판으로 변한 들판은 계절의 인고를 탐스럽게 안고 있었다. 일제강점기 때 많은 사람들의 피와 땀으로 오리 갯벌을 막은 중도방조제는 산책길로 거듭나 앞서거니 뒤서거니 산책객들로 붐볐다. 중도방조제를 따라 바다로 이어지는 수로는 그 옛날 만선의 기쁨으로 돌아오는 어선과 이곳에서 나는 쌀을 실어내는 황토돛단배들의 모습이 신기루처럼 다가왔다. 중도방조제를 뒤로 하고 진토(塵土)재에 올랐다. 흙과 티끌이 모여 쌓인 고개라? 시야가 시원스럽게 펼쳐졌다.

"민초들의 애환이 서린 고개요."

"흙과 티끌은 민초들을 상징하지요."

"멀리는 백제의 유민들이 나라를 잃고 이 고개를 넘어 동로성에 이르러 일본으로 건너갔고, 임진왜란과 일제에 항거한 혼백들과 여순 반란사건에 이어 육이오전쟁에 이르기까지 무수한 민초들의 혼령들이 흙과 티끌이 되어 진토재를 이루었어요. 그래서 이 고갯마루에 기념비적인 공원을 조성하였는데 관리 소홀로 묵혔습니다."

윤 과장은 잡초 우거진 공원으로 안내하였다. 한쪽 구석진 곳에 시문(詩文)이 버려져 있었다.

세상에서 가장 높은 고개는
보릿고개라는 사람들
어머니를 엄니라고 부르고
가을을 가실이라는 사람들
어쩌다 잔칫날 돌아오면
까먹은 꼬막껍질 턱에 차고자
한 턱 냈다는 사람들

주먹자랑 마라는 땅

깔담사리 하나가

맨주먹으로 왜놈 헌병 열을

죽게 패주었다는 곳

나 이제 진토재에 오르니

금화산 위로 서천은 멀어

주름진 눈가에 마른 눈물 어리고

열가천 낙안강(樂安江)은

옛 백제 들판을 가르네……*

"시문을 보니 아릿한 역사의 숨결이 잠들어 있습니다. 여순 반란사건과 육이오전쟁만 하더라도 많은 사람들이 한줌 흙과 티끌로 산화되었고요."

"여기 정자에서 내려다보면 온 들판이 한눈에 내려다 보여 만감이 서리지요. 얼마나 아름다운 들녘입니까? 그런데 눈물과 한숨과 회한이 부용산 산허리를 휘감습니다."

"그게 우리네 인생이고 삶의 터전인지도 모르지요. 선근다리가 아주 선명하게 한눈에 들어옵니다."

이 면장의 시선은 갈대가 우거진 낙안강을 거슬러 올라 열

---

*정지허님이 지은 시문을 인용하였음.

가천을 더듬어 선근다리에 이르렀다.

"선근다리는 짱뚱어탕 집으로 그 유래를 고스란히 간직하고 있는데, 진토재는 관리 소홀로 망각 속에 묵혀졌어요."

"그게 우리네 의식입니다. 무지는 무관심을 불러오고, 무관심은 망각으로 이어지고요."

"솔직히 말해서 짱뚱어탕 집을 찾는 사람들도 선근다리를 몇 사람이나 인식하겠어요. 가장 가까운 사람들이 주위의 소중함을 잊고 살지 않습니까."

윤 과장은 잠시 숙연한 분위기를 자아내게 하였다. 한 무더기 바람이 술렁술렁 갈대밭을 어루더니 황금들판을 쓸어안으며 진토재에 이르렀다. 회오리 서늘한 기운이 가슴을 비질하였다.

강남에 있는 귤나무는

겨울에도 푸른 숲

그 고장이 따뜻해서가 아니라

스스로 굳은 절개가 있어서이다.

반가운 손님에게 드리고 싶은데

어찌하여 겹겹이 막아설까?

사물의 끝없는 인과왕래는 오직 만나는 것

공연히 복사와 오얏을 심었지만

이 나무라고 그늘이 없을까?

　　장구령(張九齡)의 감우시(感遇詩)로 작가의 말을 대신한
다. 전원에 마음을 내려놓고 보니 지난 시절이 거울을 바라
보는 듯하다. 바람 소리, 파도 소리, 물 소리, 산새 소리, 나
무들의 숨결 소리, 방싯거리는 꽃들의 향기, 오곡이 무르익

은 들판과 어울려 살아온 생명의 소리를 하늘의 별처럼 가슴으로 담아냈다. 서둘러 책을 내느라 수고하신 해피북미디어 가족님들께 고마움을 드리며 무궁한 발전을 기원한다.

한 해를 보내면서
語山齋에서 정형남

작가 약력

정형남

조약도에서 태어났고『현대문학』추천으로 문단에 나왔다.『남도(6부
작)』로 제1회 채만식 문학상을 수상하였다.

창작집『수평인간』『장군과 소리꾼』,

중편집『반쪽 거울과 족집게』『백 갈래 강물이 바다를 이룬다』, 장편소
설『숨겨진 햇살』『높은 곳 낮은 사람들』『만남, 그 열정의 빛깔』『여인의
새벽(5권)』『토굴』『해인을 찾아서』『천년의 찻씨 한 알』『삼겹살』『감꽃
떨어질 때』를 세상에 내놓았다.

:: 산지니 · 해피북미디어가 펴낸 큰글씨책 ::